WHERE THE
RED FERN GROWS

红色羊齿草的故乡

[美] 威尔逊·罗尔斯 著

侯杰 译

新 星 出 版 社　NEW STAR PRESS

献给我了不起的妻子

没有她的帮助

这本书无从完成

新经典文化股份有限公司
www.readinglife.com
出 品

1

一个春光明媚的日子，我走在下班回家的路上，丝毫未想到自己将遇见何事。一切如此完美，没有半分不妥。那是寻常的一天，人们心情舒畅，乐在其中。生活在此处，感觉既自豪又欣慰。我想你明白我的意思，这就是那种值得珍惜的日子——风平浪静，无波无澜。

我一边走一边吹着口哨。忽然，不远处传来狗打架的声音。起初，我压根儿没在意。狗咬架不是什么稀罕事。

撕咬声越来越近，我猜定有不少狗参战。这时，几只狗吼叫着，一窝蜂窜出巷子，径直向我冲过来。我赶忙躲到人行道边上。谁愿意被狗咬上几口？谁愿意眼睁睁地看着一群狗从自己身上践踏而过？

我看见那群狗都朝着一只狗奔去。大概在离我七八米远的地方，那只狗被扑倒在地。我真为它捏了一把汗。如果不马上做点什么的话，过不了多久，清洁工肯定就得来清理一只不幸的死狗了。

我正要下决心走上前相助，接下来发生的一幕却让我大吃一惊——那只年迈的红骨浣熊猎犬从乱如麻团、暴风骤雨般的撕咬中站了起来。我屏住呼吸看了一会儿，简直不敢相信自己的眼睛。

它挣扎着、号叫着，冲出层层包围，逃到了人行道旁低矮的灌木丛里。别的狗狂吠着排成半月形继续围攻。有只健壮的捕鸟猎犬胆子稍大一些，倏地扑了过去。两只狗撕咬在一起，树丛不停晃动。浣熊猎犬匆匆忙忙窜出来，扑通倒在了地上。我看见它的右耳被撕出了长长的口子，伤势不轻。它像只被烫的家猫一样狂叫着，又站起来沿街往前跑。

一只凶狠、丑陋的大狗想追上去碰碰运气。浣熊猎犬左肩的伤口露出了骨头，举步维艰，没跑多久就蹲下身去。

目睹这一幕，我愤怒极了。一只年迈的猎犬迎战一群恶狗，实在让人难以袖手旁观，而内心深处藏着相似记忆的我更不应该视而不见——曾经有一只猎犬为了救我，牺牲了自己的性命。

我脱掉外套，行动起来。可无论我怎样大声吼叫、厉声呵斥，狗群都不为所动。最后，我挥舞起衣服，恶狗们才四散而逃。

我跪在地上，低头望着那只猎犬。它还没有平静下来，龇着牙，冲我汪汪大叫。但我知道，不到万不得已，它是不会咬人的。

我温柔地对它说："伙计，过来。别害怕，我是你的朋友，快过来吧！"

猎犬眼中的怒火慢慢熄灭，它低下头，开始用红色的长尾巴拍打地面。在我不停的哄劝下，它肚皮贴着地面，缓慢地挪到我面前，然后把头埋在我的手心里。

眼前的一幕几乎让我失声痛哭。它的毛很久没洗过，上面沾满了泥土，全身瘦骨嶙峋，臀部和肩上的骨头硬邦邦地凸出来很多。看得出，它饿坏了。

我有些困惑。它应该不是城里人养的狗，与拳师狗、狮子狗、猎鸟狗以及生活在城里的其他狗比起来，它显得格格不入。它一定是从乡下来的。

我捧起它的一只前爪。刹那间，我清楚了它的故事。它的脚掌已经磨得如苹果皮般光滑，这无疑是因为走了很长很长的路——并且还有更长的路要走。它脖子上系着一条粗糙的项圈，项圈是用破旧的皮革制成的，皮革的两端打了两个孔，用铁丝穿在一起。

我翻看着项圈，发现粗糙的皮革上深深地刻着"巴迪"这两个字。我猜这些潦草零乱的笔画出自一个小男孩之手。

说来奇怪，记忆竟能在人的脑海中静静地存留这么长时间。你看到的或你听到的，又或者是瞥见的一张熟悉面孔，都能唤醒记忆，令过去的事栩栩如生地呈现在眼前。

我注视着这只友好的老猎犬，它温暖的灰色双眸唤起了我童年时一段美好的记忆。为了表达感激之情，我抓起它的项圈，说："伙计，跟我走吧。咱们回家找些吃的。"

它似乎明白自己这次遇到了朋友，高兴地跟了过来。

回到家，我给它洗了个澡，又做了一会儿按摩。它喝了几罐热乎乎的牛奶，吃光了家里的肉。我随后又匆匆跑到商店买了不少。它吃啊吃，一直吃到心满意足。

猎犬几乎睡了一天一夜。第二天下午晚些时候，它变得躁动起来。我对它说："我理解你的处境。天黑以后，你便可以上路了。夜晚出城会顺利些。"

当天傍晚，太阳刚下山不久，我就打开了后门。红骨浣熊猎犬走了出去。没走几步，它停下来，转头望着我摇晃尾巴，感谢我的一片好意。

我眼里噙着泪水说："老家伙，千万别客气。只要你愿意，尽管住下来。"

它呜呜地叫着，伸出舌头舔我的手。

它会走哪条路呢？我还在思索的时候，它已低吠一声，转身往东跑去。望着它离去的背影，我情不自禁地笑起来。虽然它的两条后腿向右偏，不能与前腿呈一条直线，但跑起来却有着完美的节奏。两只长长的耳朵随着身体的起伏啪嗒啪嗒地甩动着。我并没有看走眼，它身上猎犬的特征样样俱在。

它在巷子通往大街的拐弯处停下脚步，回头望我。我挥了挥手。

眼看着它渐渐消失在暮色里，我低声自言自语："老家伙，再见。祝你好运，希望你能捕到更多猎物！"

我可以不放它走，把它养在自家后院里。然而，将这样的狗圈养起来是一种罪孽。这会伤透它的心，它生存的意志也会慢慢被消磨掉。

我不知道它从哪儿来，要往哪儿去，或许不是太远，或许十分遥远。我试图说服自己相信它来自密苏里州或者俄克拉荷马州境内的奥沙克山区。但它也有可能来自爱达荷州境内的斯内克河谷，即便从那儿到这儿路途漫漫。

这只猎犬的生命中一定发生了重大的变故，因为猎犬一般不会单独出行。或许是有人偷了它，或许是主人急需用钱而将它卖了。可是，不管是什么扰乱了它的生活，它都在竭尽全力渡过难关。它要赶回家，去见自己心爱的主人。有上帝的帮助，它终究会成功的。

不论路途多么漫长、多么曲折、多么艰险，它都不在乎。它那饱经风霜的赤红色的腿会不停地跑下去，一公里、两公里……不会气馁，不会沮丧。跑累了，它会蜷缩在杂草丛中休息。渴了，雨水或者山泉可以滋润它干燥的喉咙。路旁的食物，或是好心人的施舍，都可以减轻饥饿带来的折磨。它就这样挺过暴雨、大雪，熬过炎炎烈日，一路跑下去，从不回头。

某天早上，主人会发现它蜷缩在自家的门廊前。漫长的旅途结束了，它终于回到主人身边。猎犬不停地摇着尾巴，偶尔汪汪地低吠几声，伸出温暖的、湿漉漉的舌头，舔吻主人的手。所有的伤痛都已过去。它的世界再次被照亮，它内心深处怀着一种无法言说的欣喜。

猎犬消失在夜色中后，我久久地站在原地，注视着空荡荡的巷子。一股奇异的感情涌上心头。起初我以为是孤独或忧伤，但并非如此，那是一种美好的感情。

老猎犬唤起了我的回忆。这些回忆是多么珍贵！我想起了童年时光，想起了那个破旧的罐子，想起了两只红色小猎犬，还有那美好的爱恋、无私的付出和残酷的死亡……

我转身走回院子，动手锁门，忽然意识到：不，大门应该敞开着，或许它会回来。

快要走到屋里时，一阵凉爽的微风从蜿蜒的蒂顿山脉吹来，风中带着丝丝寒意。我连忙去柴房抱了几根木柴。

进屋后，我没有开灯。于我此时的心境而言，漆黑平静的氛围再合适不过了。我在壁炉内生起火，拉过心爱的摇椅。

周围一片静谧。我躺在摇椅上，看着壁炉里的火噼里啪啦地越烧越旺。火苗摇晃、跳跃，那暖暖的、舒适的热气真让人陶醉。

我划着火柴，点上烟斗。壁炉台上，两个漂亮的奖杯闪闪发光。为了看得更清楚些，我举起了火柴。两个奖杯并排立在那儿，较大的一个泛着金光，两边的长把手像和平鸽伸展的双翅；另外一个较小，银光闪闪，简约、匀称，像苍穹中熠熠生辉的星辰。

我站起来取下奖杯。它们背后隐藏着一个故事——这个故事可以追溯到五十多年前。

我抚摸着光滑的杯体，思绪穿过时光隧道，回到了童年。那一段回忆是何等美妙……

2

　　我想，几乎每个男孩一生中都饱尝过青涩爱恋带来的酸楚滋味。我说的不是男孩对住在马路尽头那个漂亮女孩的痴迷，而是对小狗的真挚喜爱。那狗四只爪子小小的，尾巴弯弯的，牙齿锋利，会啃咬小主人的手，和小主人一起嬉闹、玩耍，甚至同吃共眠。

　　我患上这种可怕的恋狗情结时刚满十岁。我可以肯定，世上再没有哪个孩子比我的这种感情更加强烈。一心想拥有一只爱犬却不能如愿，这对年幼的孩子而言并不好过。这种愿望不停地挠着他的心，搅乱他的梦境，变得越来越强烈，终于有一天，它超出了一个小男孩的心理承受范围。

　　假如我和其他男孩一样，只是想要一只小狗，父母肯定会想尽办法满足我，可我的愿望却与众不同。一只小狗哪行呢？我想要两只，而且不是随便什么狗都可以打发我，必须是特定品种的小狗。

我必须弄到几只狗。我找爸爸聊了一次。他挠了挠头，思索良久。

"哦，比利，听说老哈特菲尔德的牧羊犬要生小崽了。我保证给你弄一只来。"他说。

这些话仿佛一盆冷水泼在了我身上。"爸爸，我不想要可怜的牧羊犬，我想要猎浣熊的猎犬。而且，一只哪行，我想要两只。"

爸爸的表情告诉我，他想帮我，却爱莫能助。

他说："比利，那些捕杀浣熊的猎犬是要花钱买的，咱们家现在哪有钱呢！等咱们有钱了，能买得起的时候，我一定让你养，但现在还不行。"

我没有灰心，和爸爸谈完，我又跑去找妈妈。但情况也不妙。妈妈毫不犹豫地说，我的年龄还小，不能牵着猎犬出去打猎；另外，猎人是要有长枪的，除非我年满二十一岁，否则怎么可能携带猎枪呢？

我真是想不明白。我们这一带是世界上最棒的狩猎区，而我竟然连只猎犬都没有。

我家位于奥沙克山区的一个美丽山谷中。这里地势崎岖不平，人烟稀少。我们生活的这片土地是彻罗基家族的，妈妈体内流淌着彻罗基家族的血液，所以分到了这块地。这是一片狭长的土地，从奥沙克山脚下一直延伸到俄克拉荷马州东北部的伊利诺伊河岸。

这片黑土地非常肥沃。爸爸常说，锯末里都能长出庄稼来。他是第一个用冷冰冰的耕犁开垦这片原始土地的人。

妈妈挑了一块地方建房安家。房屋坐落在小峡谷入口处的丘陵边上，被高大的红橡树团团围住。屋后便是雄伟的奥沙克山脉，蜿蜒起伏，一眼望不到尽头。每逢春来，野花、紫荆、木瓜、山茱萸散发出的淡淡清香便随风飘荡，弥漫整个山谷。

农田下方，湛蓝的伊利诺伊河水弯弯曲曲地流淌。河两岸长满了挺拔的梧桐、桦树、槭树……绿荫成行，沁人心脾。

在一个十岁的乡下男孩眼里，这儿是全世界最美丽的地方。我常常去山中漫步，到河边玩耍。我熟悉茂密的藤丛里留下的串串脚印，也认得河畔泥泞中的动物行踪。

这些踪迹中最令我心驰神往的，是浣熊留下的稚嫩足印。有时候，我会躺上几个小时，静静地观察它们。离开之前，我会拿根柳枝将一串串印痕抚平，美其名曰"小主人的记号"。第二天，当我再次匆匆赶来时，原本平整的地面上十有八九会留下浣熊的新脚印，这儿一串，那儿一串……

我清楚，浣熊夜间曾从这里窜过。我闭上双眼，几乎能看到它弓着腰，摇摇晃晃地行走，灵敏的小爪子沿着河岸捕捉小龙虾、青蛙、小鱼……

自从学会走路，我就已是一名猎手。我在栅栏边抓过蜥蜴，在谷槽里逮过老鼠，在田间的小溪里捕过青蛙。我是一位年轻的探险家！

日子一天天缓慢地流淌，我对狗的渴盼越来越强烈，甚至在睡梦中都能见到它们。我又去找爸爸妈妈，得到的仍然是同样的答复——好猎犬是要花钱的，家中却一贫如洗。

我的症状严重到了无以复加的地步，体重下降，不思饮食。妈妈察觉后，和爸爸聊了起来。

"你可要想想法子了。"妈妈说，"我还没见孩子这么伤心过。这不对劲，一点也不对劲！"

"我也注意到了。"爸爸回答，"但我又能做什么呢？你清楚，咱们没有那个叫'钱'的东西。"

"我管不了那么多。"妈妈说，"你一定要想想法子。我实在不忍心看到他那副伤心的样子。而且这孩子越来越难对付，天天围着我转来转去，缠着要买猎犬。我根本做不了家务。"

"我答应给他弄只小狗来，"爸爸应道，"但是，并不是随便什么狗就能打发他。他一心想要猎犬，但那是要花钱买的。你知道帕克家的孩子花了多少钱才买到两只猎犬吗？七十五美元！如果我有那么多钱，我会去买一头毛驴，至少现在家里用得着啊。"

我在隔壁偷听到了他们的对话。这些话起初让我感觉很好，毕竟他们认为很难应付我。但不一会儿，那种美妙的感觉就不知所踪了。我知道家里很穷，我开始难过起来。

一番思索后，我觉得必须做出妥协。我对爸爸说我想好了，不要两只猎犬了，一只就够。爸爸神色忧伤，这让我心中感到针扎般难受。

爸爸拉我坐在他的腿上，我俩坦诚地聊了起来。他说，时下的日子不好过，庄稼都卖不出好价钱。有些乡下人已经放弃耕地，改去修铁路了，因为这样才能养活家人。如果情况不好转，他也得去挖路基。他愿意用所有家当给我换两只狗，但家里实在拿不出什么来。

我带着一颗破碎的心回到卧室，哭泣入梦。

第二天，爸爸出门去买东西，很晚才回来。我冲到他跟前，希望他给我一袋糖，然而，他递给我的却是三只小捕兽夹。

即便圣诞老人带着一大群驯鹿从山上飞驰而下，也不会让我如此兴奋。我蹦啊，跳啊，激动得哭了起来。我紧紧地搂着爸爸，赞扬他有多么伟大。

爸爸给我演示如何支起铁夹，他让我踩下弹簧，又告诉我如何设置机关。那天晚上，我将三只捕兽夹带进卧室与我同睡。

第二天清晨，我把夹子支在了牛棚附近，捕捉到的第一样猎物是我家的猫萨米尔。这下子不引起骚乱才怪呢！我并没打算捉萨米尔，只想抓只老鼠，谁知萨米尔却在夹子旁嗅来嗅去，最终酿成了惨剧。

妹妹们大声哭着叫妈妈。妈妈一路小跑过来，想知道发生了什么惊天动地的大事。不需要谁告诉她，她已经从萨米尔的惨叫声和急促的喘息声中找到了答案。

萨米尔发怒了。它不清楚咬住自己爪子的到底是什么玩意。它不断冲夹子发出可怕的嘶嘶声和尖叫，夯毛的尾巴蓬得像玉米棒，瘦小的身体上毛发根根直立。谁都不敢接近它。

妹妹们拼命大叫"萨米尔真可怜！萨米尔真可怜"，吵得人脑袋犯晕。

妈妈"嘘"了几声，她们才安静下来。随后妈妈让我去取晾衣杆。

妈妈是男孩的好帮手。她握着晾衣杆，把尖叉慢慢靠近萨米尔的脖子，将它按在了地上。

夹子咬住爪子已是痛不可言，脖子被尖叉按住更是雪上加霜。萨米尔怒气冲冲，连声尖叫。我一辈子都没听到过如此疯狂的叫声。

没过多久，周围的小动物都惊慌起来。母鸡咯咯咯地叫着，拍打着翅膀飞上了山坡；奶牛黛西把牛棚拱了个底朝天，当晚还不让人挤奶；家猪胖安哼哼哼地尖叫着，跑了一圈又一圈……

萨米尔又扭又蹬，嘶嘶乱叫。然而，这并没有减轻它的痛苦。妈妈还是那么勇敢，那么有办法。她牢牢地将萨米尔按在地上，我跑过去，踩下捕兽夹的弹簧。挣脱后的萨米尔发出一声长长的尖叫，转眼间就钻到了牛棚下。

一切平息下来后，妈妈对我说："猫不会给你惹麻烦了。我想它已经得到了教训。"

但妈妈大错特错了。萨米尔可是一只闲不住的猫，它趴在红橡树的枝头，密切地注视我的一举一动。

菜园里几株笔直的向日葵下有几枚光滑的小爪印。我想这一定是猎物出没之地，于是支起了铁夹子，却不知道这里竟然是萨米尔钟爱的狩猎地。萨米尔不明白我为什么要把它的狩猎领地弄得一团糟，于是跑过去探个究竟。

不大一会儿，萨米尔便一瘸一拐地走了出来。

爸爸每次见到萨米尔躺在暖洋洋的阳光下，四只爪子包着浸过树脂的破布，就笑得前仰后合，一直笑出眼泪来。

妈妈又和爸爸谈了一次。她让爸爸叮嘱我几句，我要是再逮住家猫，她可真受不了了。

爸爸告诉我，以后要小心选择支捕兽夹的地方。

"爸爸，我不是故意的。但萨米尔是我见过的最烦人的猫，它每次都盯着我的一举一动，还跑过来乱嗅一气。"我说。

爸爸看着萨米尔。它伸展四肢沐浴在阳光下，前后爪子都绑着绷带，长长的尾巴嗖嗖地甩来甩去。

"爸爸，你看，它又望着我，等我支夹子呢。"我说。

爸爸朝牛棚走去，我听见他哈哈大笑起来。

萨米尔的日子并不好过，后来它离开了家，但每隔一段时间就会回来，已经变得瘦骨嶙峋。它不再是昔日那只友善的猫了，它总是神情紧张，不允许任何人抚摸。每次它都大口大口地喝完牛奶，随后便匆匆跑进树林。

对于铁夹子总是捕住萨米尔这件事，我感到特别愧疚。有一次，我打算与萨米尔和好，但当我伸手抚摸它的后背，它却像一只受惊的母鸡一样猛地警觉起来，眼睛变成了绿色，嘴里发出低沉的咆哮。它冲着我呜呜低鸣，两只前爪跃跃欲试，似乎时刻准备抓破我的脑袋。我暗想，还是离它远些吧。

没过几天，家中的老鼠就被捕了个干净。之后发生了一件令人揪心的事——夹子逮住了妈妈心爱的母鸡。这又引起了不小的恐慌。

爸爸让我去农田后面的藤丛里捕猎。这里简直惊喜连连——我捕获了负鼠、鼬鼠、野兔、松鼠……

爸爸教我如何剥去猎物的毛皮。我把剥好的毛皮整齐地钉在熏肉房的外墙上，然后花了好几个小时慢慢地欣赏这些壮观的战利品。

唯一让我感到遗憾的是，这么多的战利品之中却没有一张浣熊的毛皮。我哪能捉住老练的浣熊呢？对我来说，那些家伙太机灵了。它们能避开机关，然后偷偷地叼走捕兽夹上的肉饵，有时候甚至将夹子弄个底朝天。

有一次，我发现捕兽夹夹住了一根小木棍，我把它拿给爸爸看。他笑着说，木棍一定是从树上掉下来的。对此，我并未在意，坚信一定是一只老浣熊故意把它放进了我的捕兽夹里。

这些捕兽夹很大程度上缓解了我对猎犬的渴望，然而，它们就像到手的玩具一样，等新鲜感渐渐消失，我又变回了原先那个想要猎犬的孩子。与以前不同的是，这次我的欲望更加强烈，因为我已经沉浸于捕兽的美妙感觉。

我又去纠缠妈妈。她说："不行！孩子，别再提这事了。我本以为有了捕兽夹，你就会心满意足。比利，我今后不想再听到猎犬这两个字。"

我知道妈妈一向说到做到。这让我很伤心，我决心离家出走。我悄悄地收拾了一罐桃子、几块冰凉的玉米面包和几个洋葱，走到空荡荡的屋后。一切都计划好了，我要离开家，去一个大城市，找到上百只猎犬，然后把它们带回来。

计划进展得很顺利，但忽然，远方传来了野狼的长嚎。这彻底打消了我离家出走的念头。

那年秋天，狩猎季节开始不久后发生了一件事，着实让我激动不已。一天夜里，我躺在床上，认真思索着如何才能得到心仪的猎犬。这时，我听到了浣熊猎犬低沉的号叫。

我起身下床，打开窗户。猎犬的声音再次传来。在那个凉意袭人的秋夜，猎犬低沉的叫声清晰地回荡在空中，偶尔还能听见猎人急促的呼唤。

浣熊猎犬忙碌了整整一夜，黎明鸡叫的时候才停下来。那个晚上彻夜不眠的不只是猎人和猎犬，还有我。我一直没睡，静静地听着，直到吠叫最后的回音也慢慢消失。

那天清晨，我下定决心，一定要弄到心仪的猎犬。我又去找妈妈。这一次，我试着讨好她。我对她说，如果她给我买一只猎犬，我就把卖皮毛的钱攒下来，给她买新衣服和一箱漂亮的帽子。

当时，我看到妈妈眼中噙着泪水。我也哭了，心中像被掏空一般。妈妈吻着我的额头，安慰我。于是我决定再也不提猎犬的事。我不忍心看到妈妈流泪的样子。

第二天晚上，我又听到了浣熊猎犬的声音。我用枕头蒙住脑袋。可这样做有什么用呢？猎犬的叫声穿过枕头，不停地在我耳畔回荡。我不得不再次起身，走到窗边。如果猎人知道他正在慢慢地杀死一个十岁的孩子，我相信，他一定会给自己的猎犬戴上嘴套。

睡觉简直是天方夜谭。即便在那些听不见猎犬叫声的夜里，我也难以入眠。要是猎犬出来打猎了，而我却睡着了，岂不是会错过那些美妙的声音？

狩猎季节结束的时候，我的精神和健康都受到了极大的伤害，双眼红肿、充血，体重骤降，瘦得像根秸秆。妈妈看了看我的舌头，翻了翻我的眼睑。

"你没睡好，是不是？"妈妈问。

"为什么要睡觉？睡不着干吗还要睡呢？"我反问。

妈妈皱了皱眉头，我知道她很伤心。她对爸爸说，她很担心我的健康。

"哦，比利没什么问题，他只是被囚禁了整整一冬。孩子需要阳光，需要锻炼。他快十一岁了，今年夏天就让他去田里帮帮忙，这样一来，他的身体会健壮起来的。"爸爸说。

爸爸的想法不错，我想，我终究要长成男子汉了，可以帮爸爸干农活了。

3

　　恋狗情结始终没有消失。我有了新的活儿——帮爸爸打理农场，可我的心头已经留下了一道深深的伤痕。每当我在农田里或者河岸边看见浣熊的脚印，昔日的伤口就开始隐隐作痛。

　　就在我认为已经彻底没有希望得到猎犬时，奇妙的事情发生了。仁慈的上帝或许察觉到了我受到的煎熬，于是开始施以援手。

　　一天，我正在伊利诺伊河附近的玉米地里锄草，奇迹接二连三地出现了。几天前，一群钓鱼人在河对岸安营扎寨。那天，一辆老式汽车的排气筒嘶嘶地叫着，突突突地驶离了河谷。我知道，他们要离开了。我随手扔掉锄头，飞快地冲到河边，蹚过河，来到夏伦浅滩，直奔钓鱼人驻扎过的营地。

　　在营地上搜寻总是一件令人愉快的事。我常常捡到不少好玩意：钓线啦，鱼竿啦……有一次，我竟然捡到一把插在枫树里的漂亮小刀，那是粗心的钓鱼人丢下的。然而那天，我发现了最大的珍宝——一本体育杂志。对于我这个乡下孩子来说，这本杂志是真正的财富！由于它的出现，我的整个人生发生了转变。

我坐在老枫树的树桩上，刷刷刷地翻着杂志。最后几页有一个交易信息栏目，我看到了出售幼犬的广告。待售的狗五花八门、品种不一。我读啊，读啊，其中有些狗的名字我从未听说过，当然也就想象不出它们的模样。杂志右下方的一则广告让我大吃一惊。这则用小号字编排的广告说："纯种红骨浣熊小猎犬，每只二十五美元。"

这则广告是肯塔基州的猎犬繁育基地刊登的。我读了一遍又一遍，直到能背下广告的内容，仿佛看到了浣熊猎犬的模样，听到了它的声音，甚至爱抚起它来。杂志被抛到脑后，我陷入了沉思。一个刚满十一岁的男孩追逐着令他欣喜若狂的梦。

如果我能买到两只浣熊猎犬，那将多么让人兴奋啊！乡下的男孩都有一两只漂亮的猎犬，唯独我两手空空。然而，我到哪儿去赚五十美元呢？指望父母帮忙无异于痴人说梦。

我记起了妈妈经常告诉我们的那句话："上帝只帮助能自助的人。"我一遍遍地思索着这句话，决定请求上帝帮助我。于是，我站在伊利诺伊河畔高大的枫树下，祈求上帝帮助我得到两只浣熊猎犬。虽然这算不上真正意义上的祈祷，但却是发自内心的。

我离开钓鱼人驻扎的营地时，天色已经很晚了。外套口袋里塞着的那本杂志硬邦邦地凸出来。河谷被太阳下山后的静谧包围着。我光着脚丫走在肥沃的黑土上，感觉阵阵清凉，分外舒适。

每天这个时候，所有毛茸茸的生命都活跃起来。一只肥大的棉尾兔窜出来，蹲在路上望着我，随后又欢快地蹦跳着离开了；灰色的松鼠妈妈跳到橡树枝头，吱吱地警告着身后那四只毛球似的幼崽，可爱的小家伙们倏地钻进茂密的绿叶中，不见了踪影；一片灰色的影子从高大的枫树梢静静地映过来，紧接着传来刺耳的尖叫声和翅膀的扑腾声。我还听到前方铃儿发出的叮当声。哦！那是我家的奶牛，我要赶它回家了。

我从口袋里取出杂志，又翻看起来。一个计划慢慢地形成了。我要存钱，我可以把小龙虾、小鱼、新鲜的蔬菜卖给钓鱼人；浆果成熟的时候，我可以采摘果子，拿到爷爷的杂货店里卖；冬天，我可以出去打猎。我不停地想着，计划着，办法终于找到了——存钱买浣熊猎犬。

我好像已经看到两只小狗正躺在我的手心。我要给它们设计一个小巧的家，我都想好了要建在什么地方。我还可以自己动手为它们做项圈。随后，我脑海中浮现出一个问题："该给它们取什么名字呢？"我取了一个又一个名字，大声念了出来，似乎都不合适。着什么急？时间还长着呢。

现在，我有更重要的事情要做。五十美元，这可是一笔不小的财富，我还从没见过这么多的钱。不管怎样，我一定要想出办法。我已经有二十三美分。其中，十美分是我帮爷爷跑腿挣来的，另外的十三美分是我把蚯蚓卖给钓鱼人换来的。

第二天早晨，我来到牛棚后边堆放垃圾的地方，想找个金属罐做自己的小金库。我捡起几个罐子，但都不是心仪的。后来，我看到一个盛放酵母粉的旧罐子，高高的，还有严实的盖子，真是完美极啦！我拿着罐子来到小溪边，用沙子擦洗了一遍又一遍，不一会儿它便闪闪发光，崭新如初。

我把二十三美分扔进酵母粉罐。零散的硬币躺在明亮的罐底，显得那么渺小。但对我而说，这是个不错的开端。我用手比画着，如果罐子里存了五十美元，该多么壮观啊！

接下来，我走进牛棚，爬上阁楼，把酵母粉罐藏在了屋檐下方的干草垛里。这二十三美分是我实现梦想的第一步。我拥有坚固的小金库，老鼠咬不破，雨雪淋不着。

整个夏季，我像只海狸一样兢兢业业地工作着。我到缓缓流动的溪水里徒手捕捉小虾。我用破旧的铁丝做成渔网，拿厨房里的玉米面包当诱饵捕捉小鱼。我把这些捕来的猎物连同新鲜的蔬菜、烤熟的玉米一起卖给钓鱼人。我在黑莓丛中来回穿梭，采摘果实，手脚扎出了血泡，疼得厉害。我还跑到山里寻找其他浆果。这些采摘来的果实被装进小桶，以一桶十美分的价格卖给爷爷。

有一次，爷爷问我挣来的钱准备做什么用，我告诉他我打算买两只猎犬。我问他，如果买猎犬的钱攒够了，他能不能帮我订购。爷爷欣然应允，还答应不把这件事告诉爸爸。如今看来，爷爷当时并没有把我的话放在心上。

那年冬天，我带着爸爸送的三个捕兽夹，辛勤地忙碌着。到了皮革收购的季节，爷爷把我捕获的动物皮毛卖给了上门收购的皮革商人。皮毛的价格很便宜，一张大负鼠皮才卖十五美分，一张上乘的鼬鼠皮也才卖二十五美分。

大大小小的硬币逐渐多了起来，破旧的酵母粉罐也慢慢变重了。我在手里掂量罐子的重量，又用稻草测量硬币与罐盖之间的距离。时间一天天过去，用来测量距离的稻草一点一点变短了。

第二年夏天，我依旧忙碌。

"你们需要鱼虾吗？买点新鲜的蔬菜、烤熟的玉米？"我问钓鱼人。

钓鱼人如同真正的运动员一样招人喜欢。他们似乎从我急切的声音中察觉到了什么，总会买下我的东西。但我发现，很多时候，他们走后，那些蔬菜还留在营地。

我卖给钓鱼人的东西没有固定的价格，他们给出的价钱却都不错。

　　又一年过去了，我十二岁了。目标已经实现一半，罐子里存下了二十七美元四十六美分。我特别高兴，工作更卖劲了。

　　又一个年头慢慢过去，漫长的艰苦努力宣告结束，令人高兴的日子终于来到了。我成功了！我挣了五十美元！我一边数一边哭，不知道自己到底数了多少遍。

　　我把小金库放回阴暗的牛棚时，它似乎闪着明亮的光。那光亮我之前从没见过，可能只是幻觉罢了。谁又说得清呢？

　　我静静地躺在软软的干草上，两手枕在脑后，闭上眼睛，慢悠悠地回忆起过去两年的漫长生活。我想起了钓鱼人、黑莓园，还有长满浆果的山头。我还想起了当初祈求上帝帮忙时的祷告。我知道，上帝肯定伸出了援助之手，是他给予了我爱心、勇气和坚韧。

　　第二天，天刚蒙蒙亮，我就把小金库小心翼翼地放进外套口袋深处，飞快地向爷爷的杂货店跑去。我一边跑，一边吹着口哨，哼着歌，感觉自己和奥沙克山脉中最雄伟的那一座一样高大。

　　跑到爷爷的杂货店时，我看见两辆马车拴在柱子上。我知道，这是来买东西的农民的。我一直等到他们离开才进门。爷爷正站在柜台旁。我拽啊，拉啊，费尽九牛二虎之力才将小金库从口袋里掏出来，然后哗的一声，把所有的硬币都倒在爷爷跟前。

爷爷顿时惊呆了。他想张口说些什么，但终究没发出声来。他望望我，又看看眼前那一大堆硬币。最后，他大声问："你从哪儿弄来这么多钱？"

"爷爷，我告诉过您，我要存钱买两只猎犬。现在我做到了。您之前还说要帮我订购。钱我拿来了，您现在兑现诺言吧。"

爷爷透过老花镜看看我，随后又看看眼前的硬币。

"你存了多长时间？"他问。

"很长时间。"我回答。

"到底多长呢？"他追问。

"两年。"我如实告诉他。

他张大了嘴巴，大声重复："两年?！"

我点了点头。

爷爷看我的眼神让我如坐针毡。接着，他的视线从我身上移开，又回到了那堆硬币上。他看见了紧紧粘在硬币上的褪了色的黄纸。他小心地把它撕下来，问："这是什么？"

我告诉他那是广告，上面写着去哪里可以买到猎犬。

他读了一遍，又翻过来看另一面。

我发现爷爷眼中的惊讶慢慢地消失，恢复了昔日的友善。这时我才松了一口气。

他把广告随手丢在硬币堆上，转身拿起一把破旧的鸡毛掸子，在原本就很干净的柜台上掸扫，时不时用眼角的余光瞥我一眼。

过了一会儿，爷爷放下掸子，从柜台里走出来，径直走到我跟前，用长满老茧的手轻轻抚摸着我的脑袋。他换了一个全新的话题："孩子，你该理发了。"

我告诉他头发长点没关系，我不喜欢剪短发。头发短了，苍蝇、蚊子就会不停地骚扰我。

他低头望着我赤裸裸的脚，问："你的脚怎么划成了这个样子？"

我说，光着脚丫采摘浆果很苦。

他点了点头。

爷爷不忍心再看下去，转身走开了。我看见他摘掉眼镜，掏出破旧的红色手帕，莫名其妙地擦起鼻涕来。他背对着我站了一会儿。等到他转过身时，我看见他的眼睛湿润了。

他声音颤抖着说："孩子，这是你的钱，是你用工作换来的，我知道这有多辛苦。你想买两只猎犬，咱们马上去买。该死！真该死！"

这是我近来第一次听到爷爷骂人。他不停地踱步，随后又拿起那页广告，问："这是你两年前捡到的？"

我点点头。

"好吧，"他说，"首先咱们得给这家公司写封信问问情况。也许肯塔基州已经没有这家公司了。要知道，两年里会发生很多事。"

爷爷觉察出了我的忧虑，又说："你先回家吧。我给这个猎犬繁育基地写封信，有了答复我会告诉你的。即便在他们那儿买不到狗，其他地方总能买到。不过如果我是你的话，就不会让你爸爸知道咱们的计划。前几天我听说他想找老波特买头红毛驴哩。"

我答应爷爷什么也不会告诉爸爸，然后转身朝外走。

走到门口的时候，我听见爷爷大声说："我记得你很久没吃糖了，对吧？"

我点了点头。

"多久了呢？"他问。

"很久了。"我说。

"这样的话，咱们得想想法子啦。"他说。

他走到柜台前，伸手拿出一个袋子。那个袋子可不小。

我一直盯着爷爷的手，只见它一次次伸进糖果柜台，又一次次地抽出来。薄荷味的棒棒糖、大块硬糖、苦汁糖、橡皮糖……袋子鼓了起来，我睁大眼睛，吃惊地望着这一幕。

他一边将塞满糖果的袋子递给我，一边说："这是送给你的。等你有了猎犬，可以把逮到的第一只大浣熊送给我。"

一定会的！

一路上，我蹦蹦跳跳，嘴里左边含着大块的硬糖，右边含着苦汁糖。我还想吹吹口哨，哼哼小曲，但嘴里塞满了糖，哪能发出声响呢！我的爷爷是全世界最善良的爷爷，我则是全世界最幸福的孩子。

我愿意把自己的幸福与三个妹妹分享，但买猎犬的事却是只字不能提的。

一回到家，我就把糖果一股脑儿倒在床上。六只可爱的小手忙个不停。看到三个妹妹圆圆的蓝眼睛里流露出的崇拜和喜悦，我很是欣慰。

4

从那以后，我每天都会跑到爷爷的杂货店。他总是摇着头说还没收到任何音信。日历翻到了星期一，我像往常一样来到店里。爷爷表现得与平日很不一样，他正和五六个种地的有说有笑，兴致很高。每次我注视他的眼睛，他总会微笑起来，还朝我使眼色。我心想，这些农民什么时候才肯离开呢？过了一会儿，杂货店里终于变得空空荡荡了。

爷爷对我说，他已经收到了回信。猎犬繁育基地还在，而且那儿还有猎犬出售。他让送信马车等了会儿，然后填好了订单。此外，猎犬买卖每况愈下，每只的售价便宜了五美元。说完他递给我一张十美元的纸币。

"现在咱们还有一个棘手的问题。"爷爷说，"送信的马车不能运载猎犬之类的动物，所以你的猎犬只能被运到塔勒阔镇的火车站。我在订单上写的是你的名字，猎犬催领单会送到你手上。"

我接连说了好几声"谢谢",又追问爷爷还需要等多长时间才能收到通知单。

爷爷说:"我也不知道通知单什么时候到,但应该用不了几个星期。"

我又问:"怎么才能把猎犬从塔勒阔镇取回来呢?"

爷爷说:"平时经常有人去塔勒阔镇,你可以搭便车。"

当天晚上,我问爸爸:"爸,咱们离肯塔基州有多远?"一家人享用晚餐时的宁静被打破了。我似乎引爆了一颗炸弹。话音刚落,屋内就变得鸦雀无声。年龄最大的妹妹随后咯咯笑了,两个小妹妹则睁大眼睛望着我。

爸爸兴致索然地笑着说:"这个……我不清楚具体有多远,但肯定不近。你问这个干什么?打算去肯塔基州玩吗?"

"不是,我只是问问而已。"我说。

最小的妹妹傻笑着问:"我能和你一起去吗?"

我瞪了她一眼。

妈妈接过话说:"离肯塔基州有多远?这问的是什么问题呀!真不知道你最近到底想干什么,整天不停地转来转去,好像丢了魂似的。你的体重越来越轻,瘦得像根干柴。再看看你的头发,上个礼拜日大家都去汤姆·罗兰那儿理了发,就你偏偏不去,自己一个人去河边、树林里溜达。"

我告诉妈妈:"下一次大家一起理发的时候我一定去。

今天我在杂货店里偶然听见几个人谈论肯塔基州，所以就随便问问。"谈话结束了，我松了一口气。

日子一天天地熬着。一个礼拜过去了，依然没有任何有关猎犬的消息。我开始担心起来，狗不会丢了吧？运狗的火车出事了？有人偷了我的订金？还是邮递员弄丢了我的订单？第二个周末，通知单终于到了。

爷爷告诉我，他已经与吉姆·霍吉兹打过招呼，吉姆这周要去城里，我可以搭他的车，把我的猎犬取回来。我又一次对爷爷说了声"谢谢"。

从杂货店往家走的路上我一直在翻来覆去地思索，将整个故事告诉爸爸的时机到了。那天晚上，我都已经下定了决心，却总是欲言又止。我不怕爸爸，因为他从不责备我。他心地善良、待人温和，但不知为什么，我就是开不了口。

那天夜里，我蜷缩在舒适柔软的羽绒被里，静静地想着。我迫不及待地想看到我的两只猎犬，想拥抱它们。为了它们，我已经等得太久太久，实在无法再等一个星期了。

我忽然做了个决定。我轻轻地爬起来，穿上衣服，偷偷溜进厨房，用妈妈的宝贝面粉袋子装了六个鸡蛋、一块吃剩下的玉米面包，还撮了一点食盐，拿了几根火柴。随后我来到熏肉房，切下一块腌制好的猪肉，又走到牛棚边，捡起一个粗麻布袋子，将面粉袋塞了进去。最后我把袋子卷起来，塞进大衣里。

我要去取我的猎犬了。

塔勒阔镇面积不大，大约住了八百人。从我家到那儿的路程有五十公里。不过如果走直线的话仅有三十公里，但必须跨越一重又一重的山脉。为了早一点见到我的猎犬，我选择了直线前进。

在那之前，我从未去过镇上，但我知道朝哪个方向走。弗里斯科铁路在我家的右边，伊利诺伊河在左侧，铁路和伊利诺伊河交汇的不远处就是我要去的地方。

当天夜里，我蹚过了伊利诺伊河，来到万泉村的一处浅滩。从河谷出来，我沿着一条狭长的波浪形山脊匆匆前进，最终来到宽阔的山顶平地。我继续大踏步疾速前进。我有鹿一样的速度、乡下孩子的健壮肌肉、一颗痴迷猎犬的心，还有坚强的意志。我不怕黑夜，也不怕深山，毕竟我是在莽莽大山里长大的。

我不停地走啊走，一程又一程。东方露出了浅浅的鱼肚白，我知道黎明即将来临。走过坚硬的山石、茂密的棘丛，我的双脚越来越酸痛，于是我在一处山泉旁停下来，把脚放进清凉的泉水里泡了一会儿，接着又起身匆匆赶路。

但这时我的步子明显慢了许多，腿部的肌肉开始变得僵硬，肚子咕咕叫个不停，我决定在下一条小溪旁停下来吃些东西。但我忽然想起忘记带煮鸡蛋的罐子了。

我停下脚步，生起一小堆火，切下一片厚厚的咸猪肉，放在火上烤熟，然后就着一块冰凉的玉米面包，做了个三明治。扑灭篝火后，我继续赶路，边走边吃，感觉精神好多了。

我是从塔勒阔镇的东北方向进入镇子的。面粉袋和食物都藏在了镇子外，我只扛着粗麻布袋子。

看到镇上的人，我有些害怕。之前我从未见过这么大的城镇，也从未看见过这么多的人。杂货店一家挨着一家，有些店铺甚至有两层高。四轮马车一辆挨一辆，轻便马车、拉车的牲畜和马匹多得数不清。

两个与我年龄相仿的女孩停下脚步，睁大眼睛望着我，随后咯咯笑了。我顿时火冒三丈，但转念便释然了，因为我的三个妹妹也总是咯咯地傻笑。于是我继续赶路。

一个高个儿男子迎面走来，他外套上镶嵌的金属星星闪闪发亮。看到他肩上挎着的一杆黑色长枪，我吓得停下了脚步。我听过不少关于大兵的故事，却从未亲眼见过他们。山下的农民说，他们个个佩长枪，跑得飞快，杀人如麻。

他走得越近，我越害怕。我感觉自己的末日到了。我似乎看见他端起黑色长枪，瞄准我射击！但他只是从我身旁走过，看都没看我一眼。这真是个奇迹！我深深地吸了一口气，继续往前走，不知道这奇妙的大千世界还有什么奇迹等待着我。

路过一家巨大的商店橱窗时，我停下了脚步，探头往里看。商店里是我见过的最美的景象，那儿应有尽有：外套、夹克、成卷的漂亮布匹、崭新的马具、项圈、笼头……忽然，我惊讶地睁大了眼，我看见几杆长枪，其中一杆竟然有两根枪管，简直令人难以置信。

后来，我又遇到了另外一件新鲜事。太阳升起不久后，橱窗玻璃变成了一块完美的镜子，我第一次完整地看见了自己的模样。

我发现自己看起来确实有点怪。浅黄色的头发已经很久没理了，乱蓬蓬的，仿佛是狂风吹过的玉米穗。我试着用手将头发理顺，但效果并不明显。我的头发需要好好打理一番，然而我没有梳子。

尽管外套打满补丁，还褪了色，却也还干净。看见衬衫露了出来，我赶忙把它塞进裤子。

我瞥了一眼赤裸的双脚，吓了一大跳，它们仿佛黝黑的梧桐落叶，上边布满血淋淋的划痕，纵横交错，俨然蜘蛛网。我想，以后不需要再采黑莓了，这些划痕不久便会消失吧。

我弯起胳膊，心想，用不了多久，肌肉便会把瘦小的蓝衬衣撑得鼓鼓的。我伸出舌头，发现舌苔像浆果汁般鲜红，这颜色应该是健康的。

我扮了几个鬼脸，把大拇指放进耳朵里模仿驴耳朵。这时，两位年迈的女士从旁边走过，她们停下脚步看我，我也瞪大眼睛望着她们。她们转身走开时，我听到其中一个对另一个低声说了些什么，她们的话模糊难辨，但我还是听到了一个词：野蛮。我情不自禁地咧开嘴笑起来，她们说话真像我妈妈。

转身要离开时，我的视线又落在了店里的外套和布匹上。我想起了爸爸妈妈，还有三个妹妹。没跟任何人打招呼便离家出走，这已经酿成了大错，现在弥补过失的机会来了。

我走进商店，给爸爸买了两件外套，之后又把妈妈和妹妹的衣服尺码告诉店老板，裁了几米布料，还买了一大袋糖果。

老板低头看了看我赤裸的双脚，说："我这儿的鞋子质量不错。"

"我不需要鞋子。"

"这些东西够不够？"

我点了点头。

我将身上仅有的十美元递给老板。他找回零钱，把东西捆好，帮我装进粗麻布袋里。我扛着袋子，转身离开了商店。

来到大街上，我拦住一位面善的老人，问他车站怎么走。他告诉我，径直走到最后一条大街，往右拐，然后一直走下去，尽头便是车站。我说了声"谢谢"，接着赶路。

这时我已离开塔勒阔镇的繁华地段，来到了一条狭长的街道。道路两旁是居民区，这是我平生第一次看到这么多漂亮的房子：色彩各异，门前的草坪修剪得整整齐齐，仿佛绿油油的地毯。有个人正推着一台割草机忙个不停。我停下脚步，望着飞舞的草叶，那人却在瞪着我，我吓得匆匆走开了。

前方传来阵阵狂笑和呼喊声。我不想错过任何稀奇事，便加快了步子。一群孩子——我头一回见到那么多孩子——在一幢雄伟的红色砖楼旁玩耍。我想，住在砖楼里的一定是个有钱人，他正在给孩子们举办聚会。我径直走过去，在路边驻足观看。

空地上的男孩、女孩与我年龄差不多，他们人数众多，就像是将高粱磨坊团团围住的苍蝇，他们尽情地转啊、跑啊、跳啊。连跷跷板上、秋千上都坐满了人。爽朗的笑声四处回荡，孩子们个个玩得不亦乐乎。

一根蓝色的粗管子自地面升起，与砖楼连接，管道顶端绕了一个弯，伸进大楼里。男孩子们正在往黑乎乎的管道里钻，我数了数，前前后后进去了九个。一个男孩站在入口两米开外的地方，手里攥着一根木条。

我睁大眼睛好奇地望着他们，这到底是在做什么呢？忽然，我吓了一跳，空荡荡的管道里倏地飞出一个孩子，在空中滑行许久后双脚着地。拿着木条的男孩在那孩子的落脚点划下一条标记。先前钻进管道的孩子一个接着一个地跃出来，每个孩子着地后，地面上都会出现一个新的记号。

后来大家簇拥在一起，看着地上的记号，不停地比画、吵闹、争辩，声音不绝于耳。最后，地面上的标记都被擦掉了，一个新的记分员站了出来，其他人重新钻进管道里。

我终于明白了游戏的玩法。男孩子们先要爬到管道的顶端，然后逐个从上面滑下来，出来后双脚先着地，滑得最远的就是赢家。要是我也能那样滑出来，哪怕只有一次，该多好啊！

有个男孩见我孤零零站在角落里，便走上前来。他上下打量我一番后，问："你也在这儿上学吗？"

"上学？"我疑惑地反问道。

"没错，上学！你以为是什么？"

"哦，我不在这儿上学。"

"那你在杰斐逊城上学吗？"

"不，我也不在那儿。"

"难道你不读书吗？"

"当然读书了。"

"在哪儿读书呢？"

"在家里读。"

"你在家里读书啊？"

我点了点头。

"你现在读几年级？"

我说自己不在哪个年级。

他一脸困惑地问："你在自己家里读书，却不知道在哪个年级。谁教你呢？"

"妈妈教我。"

"她教你什么科目？"

"阅读、写作、算术，我敢打赌，你的成绩比我好不到哪儿去。"我说。

"你怎么不穿鞋啊？"他问。

"当然穿了。"我应道。

"现在为什么没穿呢？"

"天冷的时候我才穿。"

他听后哈哈大笑，问我家在哪里。

"就在大山的后面。"我回答。

"啊哈，原来是个乡巴佬！"他说。

他转身朝那群孩子跑去。我看见他伸手指着我，跟伙伴们说了些什么。然后，他们冲我走过来，嘴里不停地嚷着："乡巴佬！乡巴佬！"

不过他们还没走到我跟前，铃声就响了起来。他们全部转过身，飞快地跑到大楼前，排成两支长长的队伍，像小锡兵一样迈着步子，消失在学校里。

周围恢复了宁静，只剩下我一个人，孤独和忧伤不觉涌上心头。

忽然，我听见右边传来声音，不用转身我就知道那一定是锄头发出的声音。即便是在漆黑的夜晚，我也能辨出它的声音。不出所料，一位瘦小的、满头白发的老奶奶正抡着锄头，在花圃里忙碌。

我回头望了望长长的蓝色管道，心里盘算着：周围没有人，我也可以去玩一玩。

我一边轻轻地往前挪动脚步，一边抬头望着黑乎乎的管道，心里有点害怕，但想起其他孩子都爬了进去，地面上还留着滑得最远的那个人的记号，我便告诉自己一定要飞得更远。

我放下手中的粗麻布袋子，纵身钻到管道里。越往上爬，管道里就越黑、越吓人。刚到顶端，我脚下一滑，整个人就冲了下去。下滑的时候，我试图抓住什么，却没有任何东西可以抓。

我相信，许多了不起的冠军都在这条管道里滑过。毋庸置疑，世界纪录曾被多次打破。当我从管道里滑出时，如果有人在场，我创造的纪录也会载入史册。

滑出来的时候与进去的时候一样，要先伸脚，后收腹。我把两条腿像弹弓一样直直地叉开，挥舞着胳膊，飞到了半空。远远地望下去，下方的地面被孩子们踩得光滑而结实。

开始下落的那一刻，我紧紧地闭上了眼睛，咬紧牙关，但心里仍然很害怕。随着啪的一声响，我着地了。我能感觉到空气从我齿间一涌而出，我想要尖叫，却没了力气，发不出任何声音。

我又往前弹了好几下，最后终于停了。我伸开四肢，在地上躺了一会儿，然后慢慢地站了起来。

背后传来大笑声，我转身望去，瘦小的老奶奶手中攥着锄头，大声问我感觉如何。我没有回答，拎起麻布袋子走开了。走到大街上，我回头望了一眼，那位老奶奶坐在地上，笑得前仰后合。

镇上的这些人真让人无法理解，即便他们根本就不认识你，也会嘲笑你。

5

终于到了车站，我紧张起来，没有勇气进去。我不知道自己到底在害怕什么，只知道害怕是千真万确的。

走进车站大厅之前，我偷偷地透过窗户望了望里面。站长正坐在办公室里翻阅着文件。他戴着缺了顶部的滑稽小帽子，神色极为和善，我却依然鼓不起勇气进去。

我竖起耳朵仔细地听，希望能听到小狗的叫声，但一无所获。笼子里的一只黄色金丝雀欢快地叫了起来，站长连忙走上前给它喂水。我想，喜欢养鸟的人一定不会欺负孩子。

我鼓起勇气走进大厅，小心翼翼地绕过站长的办公室。他瞥了我一眼，又低头看文件。我轻轻地在大厅里转了一圈，随后又慢慢地走回办公室门口，眼角的余光瞥见站长正微笑地看着我。他打开门来到了站台上。我停下脚步，身子紧紧地贴着墙壁。

他一边打着哈欠，伸着懒腰，一边说："今天真热啊，看起来是不会下雨了。"

我抬头望望天，随后搭话道："先生，您说得没错。今天特别热，能下场雨多好啊，我家那边特别需要雨。"

他问："你家在哪儿？"

我回答："沿着河走上几公里就是我家。"

"你知道吗？有一个小男孩订购的两只小狗寄到了我们这儿，他也住在河上游，名叫比利·科尔曼。我认识他爸爸，但从未见过那个孩子。我想他今天会来取的。"

听到这番话，我的心立即提到了嗓子眼儿，它猛烈地跳动着，像是要蹦上站台。我抬头望着站长，想要告诉他我就是那个男孩，可是这句话从我嗓子眼儿里挤出来的时候，听起来就像妈妈打水的井口上那破旧的辘轳在吱嘎作响。

站长眼中闪烁着光芒，他走到我跟前，把手搭在我的肩膀上，友好地说："原来你就是比利·科尔曼啊！你爸爸还好吗？"

我告诉他爸爸很好，并随手将爷爷给我的催领单递给了他。

"那两只小狗确实讨人喜欢，你自己去仓库里看看就知道了。"他说。

我脚不沾地，飞一般向仓库跑去。他一打开门，我便走进仓库，四处寻找着心爱的小狗。可除了箱子、水桶、腐朽的树干、几捆电线，我并没有发现其他东西。

和蔼的站长径直来到一口箱子前。

"你需要箱子吗？"他问。

我告诉他，除了两只小狗，其他什么我都不想要。

"你怎么把小猎犬带回家呢？它们太小了，不可能走回家的。"他不解地说。

我拿出麻布袋子给他看。

站长望望我，又瞅瞅麻布袋子，微笑着说："好吧，你可以将小猎犬装进袋子带回家，就像装别的东西一样，但咱们还是得在袋子上划两个洞，这样小猎犬的头能伸出来，不至于闷死在里头。"

他拿起一把起钉锤，将木箱盖子上的铁钉一枚枚地拔去。箱子里传出小狗微弱的惊叫声。我没有走向前，而是站在原地静静地等待着。

似乎过去了几个小时，木箱终于打开了。站长伸手取出两只小猎犬，将它们放在地上。

"这就是你的小猎犬，你觉得怎么样？"他问。

我没有回答，也没法回答，只是静静地望着它们。

它们的眼睛似乎被光线刺痛了，不停地眨动。其中一只蹲坐在地上，汪汪地叫；另一只吃力地走来走去，不时尖叫一两声。

我迫切地想走上前去，把小猎犬抱起来。但我一次又一次地试着挪动双脚，它们却似乎死死地粘在了地上，动弹不得。我心里清楚这两只小猎犬是我的，但双脚却无法移动。我的心仿佛醉酒的蟋蟀一样狂跳。我想吞下因激动而涌上来的口水，但喉咙也不听使唤。

一只小狗朝我走来，我顿时屏住了呼吸。它继续往前走，我感觉到一只毛茸茸的小脚踩在了我的脚上。另一只也跟了过来，热乎乎的小舌头舔舐着我酸痛的脚丫。

站长忽然说："两个小家伙跟你倒不生分啊。"

我跪在地上，将它俩抱在怀里，脸紧紧地贴着它们小小的身体，不知不觉，眼泪掉了下来。站长似乎察觉到了在两只小狗和这个男孩周围飘荡着某种无形的东西，于是他默默地站在一边，等待着。

我把小狗紧紧地抱在胸口，问站长是不是还有其他的费用。

站长说："小狗的饲料费还没付，不过算了，也没多少。"

他拿来小刀，在麻布袋上划了两道狭长的口子，帮我把小狗放进去，让小狗的头露在袋子外面，然后将袋子递给我，说："好了，现在就交给你了。希望你一路顺利，打猎也顺利。"

告别站长后，我一边沿着大街往回走，一边想，镇上的人看见我拿的东西，总不至于再用那样的眼光看我了吧。毕竟，并不是每个孩子都能拥有两只可爱的猎犬。

我转了个弯来到主街，心底美妙的感觉油然而生。

可是没走几步我便察觉到，镇上的人对我的态度并非像我想象的那样。他们停下脚步，瞪大眼睛，甚至还有人诡异地笑着。他们为什么要瞪大眼看着我呢？我很困惑。可以肯定的是，引起他们注意的并非麻布袋中那两只可爱的浣熊犬。

是不是裤子后面破了一个洞呢？我扭头望着橱窗里的自己，可即便伸长脖子，我也只看到完好的补丁和几处磨旧的痕迹，根本看不到露出了皮肤。我想，或许是他们买不起两只可爱的浣熊犬，羡慕我罢了。

一个醉汉摇摇晃晃地走过来，经过我身边时，他停住脚步，瞪着我的麻布袋子，紧接着闭上眼睛，用手抚摸浣熊犬，随后又睁开眼睛，摇了摇头，打着趔趄继续往前走了。

周围的人放声大笑起来。有人喊："约翰，你怎么啦？今天看到新奇玩意了吗？"

我加快步子，恨不得赶快逃离这些好奇的目光，还有一阵阵的窃笑。

有些事一百年也难遇到，但这次却被我给碰上了。我又碰见了先前的那两位老妇人，我们都停住脚，彼此的眼神激烈地交战。

一个说："万万没有想到。"

另一个咕哝着："谁又想到了呢！"

我的脸霎时红了。我实在忍无可忍，大声吼道："你们以为自己帽檐上那些羽毛很值钱，可是你们被人糊弄了，连我这个小孩都知道它们是什么。告诉你们吧，那些不过是用碘水泡过的鹅毛。"

其中一个低声说了些什么，但她的声音被周围雷鸣般的大笑淹没了。她们撩起长裙，悻悻而去。

周围的人大声喊着、笑着，有人竟然问我，麻布袋里装的是不是妈妈。店老板们纷纷走出来，一个个伸长脖子，想探个究竟。大街的尽头一眼便可看到，却似乎离我有几百公里远。我脸红得像猴屁股，匆忙低下头，攥紧麻布袋子，继续赶路。

我不清楚这些人是从哪儿冒出来的，其中有好多是与我年龄相仿的孩子。他们尖叫着将我团团围住，拍手唱道："背狗的男孩进城了！背狗的男孩进城了！"

我心中燃起一团怒火，眼泪顿时流了下来。我天天期盼的日子忽然间变得无比灰暗。

领头的男孩个头跟我差不多，脏兮兮的脸上长满了雀斑，两颗门牙不知哪儿去了。我暗暗猜测，或许是在后巷的一次激战中被人打掉的。他随着"背狗的男孩"的旋律蹦跳着，枯黄的头发随风飘动，脚下的牛仔靴比他的脚大出一倍，无疑是哥哥穿旧后扔给他的。

他用尽全身力气重重地踩在我的右脚上。我低下头，看见血从裂开的趾甲处涌了出来。我疼得直哆嗦，但还是咬紧牙关，继续往前走。

雀斑男孩揪住我那可爱的小母狗的耳朵，害它发出了痛苦的尖叫。这家伙实在太过分了，我辛辛苦苦忙碌两年才买到的浣熊犬，可不是为了让他揪耳朵的。

我把麻布袋子放在一家店门口，随后转身看着那个无赖，握紧拳头，摆出一副拳王杰克·登普西的架势。

雀斑男孩嚷嚷着说："想打架吗？"他大摇大摆地朝前迈了几步。

我猛地挥拳，砸在了他的鼻尖上。他惨叫一声，倒在满是尘土的大街上，双手捂着鼻子，颤抖呻吟，鲜血从指缝间涌了出来。

有个孩子抬头挺胸走上前，说要和我摔跤，说着说着便将手指插进我嘴里。我连忙咬牙。他摇晃着胳膊，仿佛遭到了饿鹰的啃噬，发出撕心裂肺的尖叫。挣脱后，他飞一般跑到了街对面。

又一个孩子站出来，我挥拳朝他的眼睛打去，拳头却落在了脖子上。他一脸痛苦的表情，弯着腰，好像被蛇死死咬住的牛蛙一般哇哇乱叫，不停地转圈。

然而，他们人多势众，我被撞倒了，趴在地上，脸埋在胳膊里。刹那间，拳头雨点般袭来。

忽然，踢打戛然而止，人群中传来痛哭声。我回过头，看见那个身材魁梧的大兵正抬脚用硕大的军靴朝一个孩子的屁股踢去。下一个该轮到我了吧？

我躺在地上一动不动。看见他朝我走来，我闭上了眼睛。忽然，铁夹般的手掌抓住了我的肩膀。我心想，他要先扶我站起来，然后再一拳将我击倒在地。

可他把我扶正坐好，用深沉又友好的声音问："孩子，你还好吗？"

我睁开眼，看见他粗犷的大脸上露出了笑容。我声音沙哑地说："是的，长官。我还好。"

他扶我站起来，开始用那双硕大的手拍打我身上的尘土。

"孩子，镇上的这些孩子粗暴得很，但是他们并不坏，总有一天会长大的。"他说。

"长官，我不是有意要跟他们打架，他们揪了小狗的耳朵。"我说。

他伸长脖子，看着我的麻布袋。一只小狗几乎要从裂口处钻出来了，另一只小狗的头和两只前爪卡在袋子外。它俩都呜呜地低吠着。

健壮的大兵脸上再次绽放出笑容。"这就是打架的原因？"他问。

他蹲下来轻轻地拍着两只小狗。"它俩真漂亮，你从哪儿弄来的？"

我告诉他是从肯塔基州订购的。

"花了多少钱呢？"他接着问。

"四十美元。"我回答。

"爸爸给你买的吗？"

"不是，我自己买的。"

"钱是打哪儿来的呢？"

"我干活赚来的。"

"存四十美元可是需要很长时间的。"

"您说得没错，我存了两年。"

"两年！"他大叫。

我发现大兵的脸上隐约有怒色。他站起来，戴好帽子，望了望大街。我听见他低声说："那群捣蛋鬼没一个有这样的毅力。"

我拎起麻布袋说："谢谢您帮我，我想我该回家了。"

"你家住在哪儿？"他问。

"沿着河走上几公里就是了。"我说。

"哦，走之前你有没有时间喝杯汽水？"

我刚要开口说"不用"，看见他脸上洋溢着友好、灿烂的微笑，便也笑着说："那好吧。"

我们来到一家普通的杂货店，大兵走近一个大红箱子，取下箱子盖，问我想喝什么样的汽水。我还从没喝过汽水，所以支支吾吾不知说什么好。

见我犹豫不决，他说："草莓味看起来不错。"

我说："就来草莓味吧！"

草莓味汽水清凉酸甜，我喝了几口，火辣辣的喉咙便感觉好了许多。黑暗的小世界又变得明亮了。我有了自己的猎犬，又得到了一个知心朋友。从前听到的有关大兵的故事都是骗人的，我想。以后再看到大兵，我不会胆战心惊了。

回到大街上，我和大兵握着手说："如果您有机会去我家那边，别忘了找我玩。您在我爷爷的杂货店问路就能找到我家了。"

"杂货店？"他说，"不可能吧？河上游唯一的一家杂货店离这儿差不多有五十公里远。"

"对，那是我爷爷的。"我说。

"你是一路走过来的吗？"他问。

"是的。"我回答。

"你今天赶不回家了吧？"他问。

"没错，我打算在山上住一夜。"

见他露出困惑的神情，我说："没事的，我不怕。"

他看看我，又望望浣熊犬。然后，他摘下帽子，挠着头，开怀大笑："我也觉得你会没事的。就这样吧，祝你一路顺利，再见。如果你有机会再来这儿，记得找我。"

我顺着大街走了很远，转身时发现大兵依然一动不动地站在原地。他朝我挥手，我也挥起手来。

走到郊外，我找到了先前藏起来的面粉袋和食物。

又往前走了没多远，我感觉重任在身，肩上的麻布袋也变得越来越重。

两只小猎犬早已将小脑袋缩回了袋子里，每隔几分钟，我就透过狭窄的缝隙看看它们，一切平安。它们蜷缩着身子，宛如两个圆圆的小球在酣睡着。

我刚走到雀鹰山的深处，夜幕便降临了。我在一处洞穴停下来，准备过夜。洞穴旁边，一条蜿蜒的小溪哗啦啦地流淌。

我将两只小猎犬和衣物从麻布袋里拿出来，拎着袋子去拾些铺床的树叶。小猎犬汪汪叫着跟在我后面，全然不顾会被树枝、石块绊倒。

床铺好后，我生起一堆火，从旁边的小溪里舀来一罐水，煮了三个鸡蛋。随后，我又煮了剩下的咸猪肉。我将煮好的猪肉切成小块喂猎犬。最后，我和小猎犬分吃了一块糖果，当作餐后甜点。小猎犬用锋利的牙齿咬着、嚼着，津津有味地享用糖果。

两只小家伙忙着嬉戏的时候，我拉来几根大树桩，放入火堆。没过多久，洞穴暖和起来。身下松软的层层树叶令我疲惫的身体舒展了许多，双脚的酸痛也缓解了。我伸开四肢躺下，小猎犬在我身上爬来爬去，我和它俩玩起来。有时它俩会摇摇摆摆地走到洞口，睁大眼睛望着火堆，然后又跑回来，在软和的树叶上打滚儿，尽情嬉闹。

我注意到，那只深红色小公狗的体格比小母狗健壮得多，它的胸脯宽大而结实，柔软的毛发衬得身上的肌肉越发强劲有力，处处都那么与众不同。它不时靠近火堆，看上去胆大又好斗。

　　有一次，它绕过火堆，走进了洞外的黑暗中。我静静地等待着，它会不会自己回来呢？不一会儿，它摇晃着身子走回洞口，却犹豫着不敢进来。当时篝火噼噼啪啪烧得正旺，洞穴里的温度比它出去时更高了。它呜呜地叫着，不停地尝试从篝火旁绕过。我静静地坐着，一言不发。

　　这只幼小的猎犬做出了令我欣慰的举动。它尽力贴靠向岩壁，吠叫着侧身跳起，倏地跃过炙热的地面，一头扎到树叶堆里，真是让人佩服。然后它走到我身边，蜷成一团，安然入睡。

　　小母狗体格瘦小，生性害羞，腿和身子都较短，十有八九是同胎猎犬中个头最小的。可是，一看就知道，它很敏捷，体力上的不足被脑力补了回来。它比小公狗更聪明、自信、谨慎。我心里清楚，打猎遇到困难的时候，它能最终攻克难关，取得胜利。

　　这对猎犬是绝好的组合，一只体格健壮，一只头脑聪明。

　　我已筋疲力尽，双腿僵硬，双脚酸疼，还不停地抽搐。由于一直扛着沉甸甸的麻布袋，我的双肩又肿又疼。我给两只小猎犬盖好树叶，靠近它俩躺下。我知道，随着夜越来越深，篝火渐渐熄灭，寒气终将袭来。我疲惫却又幸福，慢慢进入了梦乡。

静谧的长夜中，我被惊醒了几次。我睁开眼睛，竖起耳朵倾听，想知道是什么惊醒了我。起初，我以为是小狗在走动和低吠，但我发现两只小猎犬都在酣睡，我想，可能是幻觉吧。

篝火熄灭了，地上仅留下一堆通红的炭。整个洞穴里静悄悄的，漆黑一片。深夜寒气侵人。我正要起身重生篝火，又听到了那吵醒我的声音。起初我以为是女人在尖叫，我静静地听着，心怦怦地跳个不停，神经越绷越紧。

那声音又响起来，这次离我更近。尖叫声打破了夜的寂静，似乎就在附近。它钻进洞里，四处回荡，仿佛工匠拿着铁砧在石墙上砰砰地敲打。我不禁害怕起来，血液似乎也凝固了。虽然我从没听过那声音，但我知道是什么。那是山狮的吼声！

山狮又叫起来。两只小猎犬身下的树叶哗哗作响，借着通红的炭光，我隐约看见一只猎犬坐了起来，是那只小公狗。它耷拉着毛茸茸的耳朵，身上还挂着一片树叶。耳朵上下扇动，树叶被抖落下来。

吼叫声又开始在山间回荡，令人毛骨悚然。公猎犬离开睡觉的地方时，树叶飞舞起来。我急忙跳起身，拼命唤它回来。

猎犬走到洞口，停下了，红色的小脑袋高高仰起，汪汪地叫着，向凶猛的山狮发起挑战。猎犬的叫声吓了我一跳，山狮也一定吓得不轻吧。随后它呜呜叫着折了回来，背上的毛根根竖立。

爸爸曾经告诉过我，山狮害怕火光。我开始马不停蹄地往火堆里扔柴火，令人欣慰的是，之前我捡回来不少树枝。

树叶上传来一阵响声，我转过头，发现另外一只猎犬听到动静也爬了起来，加入到战斗中。它俩肩并肩蹲坐在一起，弓着身子，机警的小眼睛似乎要穿透黑暗，湿漉漉的黑色小鼻子嗅来嗅去，捕捉着每一丝气息。

眼前这两只猎犬的表现鼓舞了我。我的膝盖不再颤抖，心脏也不再怦怦地剧烈跳动。

我觉得山狮已经觉察到有猎犬了。想到山狮可能给两只小猎犬带来的伤害，我越来越狂躁不安。我时刻准备着为心爱的猎犬献出自己的生命。

山狮每次吼叫的时候，那只公猎犬都会跑到洞口，汪汪地叫个不停。我也大声喊叫，朝山下扔石块，希望把山狮吓跑。漫漫长夜里，我一直没有停手。

山狮咆哮着潜行，一会儿跑到右侧，一会儿又溜到左侧，一会儿爬到上方，一会儿又钻到下方。曙光初露，它终于放弃了，跑向其他山头觅食。我心想，面对两只勇猛的猎犬和一位了不起的猎人，山狮也觉得自己没有胜算吧。

6

可怕的黑夜终于过去，清晨初升的太阳亮出一道令人愉悦的风景。我吃过早饭便上路了。为了减轻负担，我试着让两只小猎犬跟我一起走。它俩走了一会儿，便蹲在地上呜呜叫，我只好又把它们装进麻布袋里。它们的小脑袋从袋子的缝隙里探出来，长耳朵不停地拍打。我继续赶路。

中午时分，我来到了一片熟悉的田野。这儿离家不远了。我缓缓地走下山头，进入河谷。

我沿着河的左岸，曲曲折折地绕过几处露营地，赶到先前发现那本杂志的营地，这才停下脚步。我把两只猎犬抱出来，放在暖和的河滩上。

时间不知不觉到了午后，我依然坐在那片营地上思索怎样才能逃过爸妈那一关，但脑子空空，没有半点法子。最后，我决定将事情的原委如实告诉他们，再说了，有了在镇上买的新外套、布匹和糖果，爸爸妈妈应该会原谅我吧。

两只小猎犬玩得不亦乐乎，两只小前爪紧紧地抓着对方，叫着，滚着，撕咬着，可爱极了，我不禁开怀大笑。

正当我聚精会神地看着它俩嬉闹的时候，一个问题忽然浮现在脑海：我还没给它们取名呢。

我为那只公猎犬想了一个又一个名字，比如"红狼""领袖""哨犬"；我也想了各种各样的适合母狗的名字，"苏西""女王""玛贝尔"……但感觉没有一个合适。

我低声默念着一个个名字的时候，一抬头，看到眼前白花花的枫树上刻着一颗大大的心，上面还有两个名字："丹"和"安"。"丹"这个名字要比"安"刻得稍大一些，笔画又宽又粗，刀痕深重；而"安"字则小巧、工整、平滑。我瞪大眼睛，简直不敢相信——这就是我想要的名字啊！这两个名字多么完美！

我走过去抱起两只小猎犬。我看着公狗说："你的名字叫'丹'，今后我就叫你'老丹'了。"随后我又望着小母狗说："小公主，你的名字叫'安'，以后就喊你'小安'啦。"

那一刻，我才意识到一切都太完美了。两年前，在眼前这片钓鱼人驻扎过的营地上，我意外地发现了那本杂志，看到了杂志上的广告；在前方那棵古老的枫树下，我曾祈求上帝帮我一把，让我弄到两只浣熊猎犬。而今，浣熊猎犬到手了，它俩正在暖和的沙地上打着滚儿嬉戏。我想起了那个破旧的酵母粉罐子，想起了那些钓鱼人，他们曾经那么慷慨地将零钱扔给我。

我抬起头，看着刻在树上的名字。没错，一切仿佛是一个大谜团，点点滴滴美妙地交织着，最后终于圆满地解开。如果没有一种无形的力量相助，一切都不可能发生。

我在营地一直待到天黑。我知道该回家了，但却一再地拖延，直到两只小猎犬叫嚷着，告诉我它们饿了，我才下定决心回家。面对爸妈的时刻到了。

我将它俩装进麻布袋，蹚过河。一步步离开河谷的时候，我看见了我家窗户里透出来的灯光。有一瞬间，灯光暗了下来，一定是有人在屋里走动。我绞尽脑汁地思索着应该向爸妈说些什么，被奶牛黛西的哞哞声吓了一跳。

走到大门口，我停下了脚步。以前，我一直觉得我家不够漂亮，但那天晚上它变了：它坐落在奥沙克山脚下，干净、整洁、祥和。从那一刻起，我深深地为它感到自豪。

我走过门廊，赤裸的脚丫没有发出任何声响。我伸手推开房门。

妈妈正坐在屋子中央破旧的摇椅上织毛衣。

她抬起头，我看见她眼里的忧虑、伤心一股脑儿不见了踪影。接着她又低下头，用手里的毛线捂住脸。我走进屋，想跑到妈妈跟前安慰她，告诉她我让她担心难过了，我很愧疚。

忽然，爸爸的大嗓门让我从恍惚中清醒过来。

"你袋子里背的是什么？"他微笑着从椅子上站起来，走到我跟前，伸手将麻布袋从我肩上取下来。"大家还打算去找你呢，还好我去了一趟爷爷的杂货店，他把事情的经过都告诉了我，所以我们就不难猜出你去干什么了。不过你应该提前跟大家说一声。"

我飞快地跑到妈妈身旁，扑通跪倒在地，头枕在她腿上。

妈妈轻轻地拍着我的脑袋，我听见她用颤抖的声音说："你为什么不告诉我们呢？为什么？"

我一时答不上来。

妈妈低声哭泣。妹妹们忙着抚摸猎犬，开心得哈哈大笑。

爸爸指着麻布袋里的东西问："这些是什么？"

我没有抬头，哽咽着说："外套是给您的，布料是给妈妈的，其余的送给妹妹。"

我听见妹妹们一边翻东西，一边不停地惊叹，那声音真是悦耳。

爸爸来到妈妈身边，将棉布放在摇椅的扶手上，说："这下好了，你一直想买一条新裙子，这么多棉布，够你做上好几条了。"

我察觉到大家已经原谅了我，便站起身，擦干眼泪。爸爸看到自己的新外套，很是高兴。妹妹们将可爱的猎犬抛在脑后，争先恐后地去吃糖了。妈妈抚摸着那匹廉价的棉布，眼里泪光闪烁，那样子让我终生难忘。

妈妈给两只猎犬热了一些牛奶，它俩一直喝到肚子胀得鼓鼓的才停下。

吃晚饭时，爸爸坐在餐桌旁，用对大人说话的口气问我："你觉得城里怎么样？"

我告诉他，城里熙熙攘攘的全是人和马车。

他问我是不是碰到了熟人。

我告诉他，车站的站长问起了他。

他问我是在哪儿过的夜。

我说，在雀鹰山的洞穴里。

他说，一定是那个叫作"劫匪洞"的地方。

小妹妹提高嗓音问："你和抢劫的人住了一夜吗？"

大妹妹说："你真是傻瓜。那是很久以前的事了，现在洞里哪儿还有什么劫匪啊！"

二妹插话问："难道你不害怕吗？"

"不害怕。我不害怕住洞里，但我听到了山狮不停地吼叫，吓死我了。"

"哦，它们不会伤害你的。你不是生起了篝火吗？"爸爸说。

"是啊。"我说。

"除非它们受了重伤，或者陷入险境，要不然是不会伤人的。但是如果它们真的受了伤，你可要当心了。"

爸爸问我喜不喜欢城里。

我说，我一点都不喜欢，即便把整个城镇都给我，我也不会去那里生活。

他满脸疑惑地问："我真是搞不明白，你不是一直想要进城吗？"

"没错，但我现在不想去了。我讨厌城里的人，他们让人难以理解。"

"他们怎么惹你了？"

我告诉爸爸他们如何奇怪地看我，甚至拿我开玩笑。

他说："我并不觉得那是在嘲笑你。"

"他们就是在取笑我。更可怕的是，一群男孩还把我摁在地上打。如果不是大兵出现，我可伤得不轻。"

"你看到大兵了？觉得他怎么样？"爸爸问。

我说，大兵十分善良，还给我买了一瓶汽水呢。

说到汽水时，三个妹妹蓝色的眼睛瞪得圆圆的，开始问个不停，都迫切地想知道汽水是什么颜色的，味道如何。我告诉她们，汽水是草莓味的，喝下去的时候，嘶嘶地冒着泡，让我不停地打嗝。

三个妹妹急切的发问引起了爸爸妈妈的注意。

爸爸说："比利，我不希望你对城里人印象不好。我并不觉得他们是在取笑你，至少不是你想象的那样。"

"可能是吧，但我还是不想在城里生活，那儿太拥挤了，连新鲜的空气都呼吸不上。"我说。

爸爸一本正经地说："将来总有一天，你要去城里生活，妈妈和我都不想在山里过一辈子。这儿不是个适合生活的地方。孩子们应该接受教育，应该走出去，看看大世界，见识不同的人。"

"我还是不明白为什么要到城里上学，妈妈不是已经教我们认字了吗？"

"受教育不仅仅是识字，还有更多的东西要学习。"爸爸说。

"什么时候搬到城里呢？"

"这个嘛，还需要一段时间。咱们现在还没钱，不过我想用不了多久就会搬走的。"他说。

妈妈在炉子旁给我烧盐水洗脚，她低声说："我每天都在祈祷那一天的到来。我不想让你们几个不受教育就长大成人，甚至不知道苏打汽水是什么玩意，或者都没机会到教室里看上一眼，这对我来说是不能忍受的。所以我每天都在祈祷，希望仁慈的上帝有一天满足我的愿望。"

我告诉妈妈，我在城里见到学校了。面对妹妹们源源不断的提问，我一一作答。我告诉她们，学校是用红砖建成的，面积比爷爷的杂货店还要大很多，至少有上千个孩子在那儿读书。

我还详细描述了跷跷板、秋千，以及与大楼连接的奇特的管道，此外，我还告诉她们我是怎么爬进管道的，又怎么像其他孩子一样滑下来，但我没提自己狼狈的样子。

"那应该是应急的消防通道吧。"爸爸说。

"消防通道？！我倒觉得是滑梯。"我辩解道。

"你留意管道上方弯到哪儿了吗？"

我点了点头。

"大楼里有一扇特殊的门，万一发生火灾，工作人员就打开那扇门，孩子们便跳到管道里，滑到安全地带。"爸爸解释说。

"好家伙，那是一个火中逃生的好方法。"我说。

"好啦，时间不早了，有空咱们再谈这个。大家该睡觉了，明天还有很多活儿要干呢。"爸爸说。

两只小猎犬被安置在谷槽里过夜。我用剥下来的玉米皮盖在它们身上，轻轻地吻了吻它们，并道了声晚安。

第二天对我而言并不清闲，在妹妹们笨手笨脚的帮助下，我给猎犬修建了一座小房子。

爸爸将皮革剪下来，送给我做猎犬的项圈。我费力地在一条皮革上深深地刻下"老丹"两个字，在另一条上刻上"小安"。接着我又拿来铁钉和石块，在皮革的两头砸了两个孔，把皮革围在猎犬瘦小的脖子上，最后用铁丝把皮革两头串在一起。

当天晚上，我向妈妈讲述了自己曾经祈祷能有两只猎犬，讲述了我在营地上发现的那本杂志以及后来的整个计划。我还告诉她，为了给猎犬取好听的名字，我绞尽脑汁，后来却神奇地发现枫树上刻着"丹"和"安"。

她笑着问："你相信是上帝听见了你的祈祷？是他帮助了你？"

"妈妈，我信！我知道他帮助了我，我永远都不会忘记。"我答道。

7

孩童的担忧和渴望似乎永远没有止境，现在我得到了两只小浣熊猎犬，新的问题又接踵而至。我想弄到一张浣熊皮，这样就可以训练猎犬了，而这个愿望似乎永远不能实现。

我带着三只捕兽夹，怀揣着不达目的誓不罢休的决心去捕捉浣熊。我在河边整整等了三个星期，用尽了所有的办法，却依然一无所获，连半只狡猾的老浣熊都没抓着。

绝望之下，我找到了爷爷。我向他讲述了伤心的经历，他脸上却挂着笑。"好吧，咱们要动动脑筋了。"爷爷说，"要想训练这两只猎犬，你必须有浣熊皮，这是肯定的。你帮我照看杂货店，我去工具房看看，一会儿就回来。"

漫长的等待后，爷爷终于回来了。除了一把手摇式曲柄钻，他手里没有其他工具。

他狡黠地笑着说："你是不是觉得这工具逮不到浣熊？"

都什么时候了,爷爷还在哄我玩,这让我感觉糟糕透了。"爷爷,您没弄错吧?就是花上一万年,用这可怜的工具也绝不会逮到一只浣熊。您根本不知道那家伙有多狡猾。"

"不,你可以捉到它们。我敢打赌,肯定能捉到。我很小的时候,用这玩意捉了很多浣熊。"

见爷爷一脸严肃,我开始好奇起来。

他把曲柄钻放在柜台上,拿起一个小号的纸袋,装了半袋马蹄钉。

"听着,你按照我教你的去做,一定能抓到浣熊。"爷爷说。

"好的,爷爷,我一定会的。我要想尽一切办法抓一只回来。"我说。

"要用的第一样东西得是能发亮的。首选当然是亮晶晶的锡片,切几小片圆形的,比这个曲柄钻小一些。听明白了吗?"爷爷说。

我点了点头。

"然后,你到河边找一处有大量浣熊脚印的地方。在附近比较结实的大木桩上凿一个直径十五厘米左右的小洞,然后放进一块锃亮的锡片。一定要把锡片放在洞的底部。"

我全神贯注地听着,不想漏掉爷爷说的每一个字。我还时不时地望他一眼,看看他是不是在开玩笑。

他用严肃的口吻继续说:"接下来你可要听好了,这是逮浣熊的关键环节。”

我睁大眼睛，耳朵竖了起来。

他从纸袋里拿出四枚马蹄钉，用左手的大拇指和食指摆出一个小小的"O"型，大小和曲柄钻差不多，直径约四厘米。

"这就好比你在木桩上凿的洞，从两侧往洞里斜着砸钉子，每隔一小段砸一枚，两侧的钉子要尖对着尖。"

他右手拿着一枚马蹄钉，给我比画合适的位置及间隔。

"马蹄钉的钉尖落在洞口和锡片之间，锋利的钉尖围成的开口要足够大，这样浣熊才能把前爪伸进去。"爷爷接着说。

他问我是不是听明白了。

我点了点头，凑近一点。

"爷爷，这样就能抓住浣熊？"我问道。

"一定能抓到的，并且百发百中。你知道，浣熊是一种好奇心很强的动物，任何发光的东西都会引起它的兴趣，它会跑上前去抓住。当它试图将锡片从洞里拉出来时，锋利的钉尖会扎进它的爪子，它就逃不掉了。"

他望着我，目光如炬，"你觉得这办法怎么样？"爷爷问。

我闭上眼睛，似乎看到了漏斗模样的小洞，看到了倾斜着的马蹄钉锋利的钉尖，浣熊正将前爪伸进去，取出亮锃锃的锡片。它的前爪握成一团时比伸进去时要大很多，所以无法从锋利的钉尖的缝隙间拔出来。

在我看来，这个办法简直天衣无缝，我正要回答爷爷，忽然想到一个问题：浣熊只需要伸开前爪，丢掉锡片，不就能逃脱了吗？之后，它无非只是痛苦地呻吟几声而已。我依然认为爷爷在跟我开玩笑。

我往后退了几步，哭丧着脸说："爷爷，您又在逗我玩。那种东西根本抓不住浣熊。浣熊只需要松开前爪，丢下锡片，不就能逃之夭夭了吗？"

爷爷听后哈哈大笑起来，我的心情一落千丈，噙着泪水朝门口走去。

"等一下，"爷爷说，"我没跟你开玩笑，我知道自己喜欢开玩笑，但刚才我所说的句句属实。"

我转身看着爷爷，他不仅收起了笑容，脸上还露出一丝伤心。

"我不是笑你，而是笑我自己。我只是想看看你够不够聪明，能不能帮浣熊找到逃脱的办法。"

"傻子也能看出来呀。"我说。

爷爷一本正经地说："我还是孩子的时候，养了一只浣熊作宠物。通过观察，我学到了很多东西。我家前院有棵老树，树干都空了，浣熊就在里面筑了一个窝。记不清有多少次了，我爬到树上，从浣熊的窝里拿回妈妈的剪刀、纽扣、针线以及缝纫用的顶针。它甚至还叼走菜刀、叉子和勺子。只要是发亮的东西，它都往自己窝里搬。"

爷爷停顿了一会儿，仿佛回到了很久很久以前。我静静地等他继续讲下去。

"浣熊的前爪最有意思。小巧的前爪一旦抓住了东西，就决不会放手。"爷爷说。

"我妈妈有一个搅拌牛奶的容器，盖子上有个小小的开口，用来放搅拌器。每当搅拌完后，她都要把搅拌器取下来清洗。每到这时，那只浣熊就像发了疯一样爬到容器上方，把小巧的前爪伸进去，捞住一把奶酪。那个开口很小，浣熊握住了前爪，便再也无法从里面拔出来。它只有松开爪子，丢掉奶酪，才能脱身。你认为它会松手吗？孩子，它是不会松手的。它哇哇地叫嚷着，带着盖子满屋子跑。这样一来，家里人为了让浣熊放弃盖子，不得不全部出动。我要用粗麻布袋或者破旧的棉袄把它严严实实地裹起来，然后撬开它的爪子。这样的事情我见得多了，也就有了这个捕捉浣熊的法子。它的前爪一旦伸进去抓住锡块，就再也逃不了了，因为它不会松手。"

我恢复了自信，爷爷的这个办法真是无懈可击，我迫不及待地想跑到山上实施这个完美的计划。我向爷爷道了一声"谢谢"，拿上曲柄钻和马蹄钉离开了杂货店。

回到家的时候，天色已经很晚，没法制作捕浣熊的工具了。当天晚上，我把计划告诉了爸爸。

"我以前听说过这种捕浣熊的方法，但没怎么留意过，不太了解。不过爷爷小时候可是抓浣熊的高手。"

"爷爷说，用那法子从来没失手过。"

"需要我帮忙吗？"爸爸问。

"不用了，我想我一个人就可以搞定。"我答道。

我整个晚上都想着凿洞、砸钉、捉浣熊的事，都没好好睡觉。

第二天清晨，我早早地来到垃圾堆旁，在一堆生了锈的破罐子里苦苦地搜寻，这令我想起了几年前寻找罐子的情形。最后，我找到了心仪的罐子，它还是亮锃锃的呢。

一切进展得很顺利，但我用妈妈的剪刀剪锡片时却被她逮个正着。我一直坚信，妈妈是奥沙克地区最擅长变脸的。那次，她尤为严厉。但她的责备还在继续，我早已跑到了河边。

找到猎浣熊的地方并不是一件困难的事。河边处处可见粗大的枫树，树干淹在湛蓝的河水里。我看见某根树干上有浣熊留下的串串小泥印，便在那上边凿了个洞，洞里放上锡片，然后钉上马蹄钉。

我沿着河岸一路走，一路设置陷阱，马蹄钉用光了才停下来。前前后后一共布下了十四处。

那天晚上，爸爸问我战绩如何。

"哦，不错，我总共布下了十四处陷阱。"

他笑着说："啊，不错不错，你会有收获的。"

第二天鸡刚叫头遍，我便起床了。我带着两只小猎犬，就像自己一定能逮着浣熊，想让两只小家伙亲眼见证。但当我躲在藤丛里望着最后一处机关，却连浣熊的影子都没有看见时，我伤心透了。回家的路上，我绞尽脑汁地思考：哪儿出了问题呢？

爸爸认真地帮我一遍遍回忆着整个过程。"或许你在布机关的时候留下了太多气味。气味散去是要时间的。如果我是你的话，就会耐心等待。我相信，你迟早会成功的。"

听了爸爸的一番话，我又振奋起精神，仿佛泄气的车胎又充满了气。爸爸说得没错，每个机关周围都留下了我的气味。如今只有耐心地等待，等气味慢慢散去，我就会如愿以偿。

接连好几个早晨，河边都重演着令人伤心的一幕：没有浣熊，树干上的小洞里空空如也。一个星期过去了，我心灰意冷，仅有的几分耐心也消失殆尽。我坚持认为，浣熊再也不会从枫树下经过了，亮锃锃的东西对它根本就没有吸引力。

一天早晨，我没有去河边查看机关，而是赖在床上不起。布设机关有什么用呢？只是在白白地浪费时间罢了。

全家人坐下来吃早饭的时候，我听见大妹妹说："妈妈，比利是不是不起床吃饭了啊？"

"什么，他在自己的房间吗？你不说我还不知道，我以为他又去河边了呢。"妈妈说。

这时爸爸说："我去叫醒他。"

他走到我门前，喊道："比利，赶快起床，早饭都做好了。"

"我什么也不想吃，我不饿。"我答道。

爸爸见我满脸忧郁的样子，便走进来在我床边坐下。

"怎么了？捉浣熊不顺利吗？"他问。

"爸爸，爷爷骗我。我真是太笨了。谁听说过靠一个铁夹子和几枚马蹄钉就能抓到浣熊？"我说。

"孩子，你听我说。我并不觉得爷爷是在骗你。我知道有人就是这么捉浣熊的。"爸爸说。

"可是，我是完全照着爷爷的指示一步步做的，现在却两手空空。"

"我还是觉得是气味在搞鬼。"爸爸说，"我记得听别人说过，还是在哪儿读到过，气味散去需要一周的时间。现在过去多长时间了？"

"一周多了。"

"哦，让我想想……时候到了，孩子，如果这两天你带只浣熊回来，我不会觉得奇怪的。"

爸爸离开卧室后，我躺在床上，认真地回想着他说过的话。"这两天就能逮到浣熊。"我爬起来，急急忙忙穿好衣服。

71

吃完饭，我唤来两只猎犬，拼命地朝河边跑去。

第一个机关是空的，第二个也是。熟悉的失望感再次袭上心头，我心想，完了，我算是抓不住浣熊了。可我需要浣熊皮训练猎犬啊。

通往第三个机关的路要穿越一片茂密的野树林。这段路很难走，两只小猎犬呜呜地叫了起来。我停下脚步，抱起它们。

"很快就到了，离开这片丛林就没事了。"我说。

我吃力地在树枝交错的丛林里穿行，走到第三个机关时，迎接我的是一阵刺耳的尖叫。我兴奋不已，连忙放下怀中的猎犬。逮住了！终于逮住了一只浣熊！

它蹲在枫树桩上，弓着身子，龇牙咧嘴嗷嗷乱叫，它的前爪深深地卡在小洞里，它不断抽动，却无济于事。好奇心将它死死地困住了。

我站在原地，无法动弹，几乎停止了呼吸。我隐约听到一个声音，却辨别不出是什么。老丹的举动让我清醒过来，刚才正是它在叫，它正想方设法爬到树桩上抓浣熊。

我大声唤着老丹，一个箭步跑过去，想抓住它的项圈。浣熊见状，又发出一声号叫，把我吓得半死。我的腿不听使唤，只得大声呼唤猎犬回来。

小安在浣熊身边挪动，也往树桩上爬，我大声阻止它，它却不理不睬。

老丹用锋利而小巧的爪子抠着树皮，已经爬到了树桩的顶端，紧接着毫不犹豫地一头冲下去。它离浣熊大约半米远时，浣熊忽然龇着牙猛扑上去，似乎想把老丹压到身下，然后施以尖牙利爪。

是小安救了它。小母狗仿佛一只潜伏的猫，从后面偷偷冲过去，用针尖般锋利的牙齿咬住了浣熊的背。

这一下可够浣熊受的。它松开老丹，转过身，一掌将小安拍下树桩。小安跑到我跟前，摇晃着脑袋，汪汪地叫起来。我把它抱在怀里，赶忙去看老丹。老丹也从树桩上摔了下来，它还想再次冲到浣熊身边。我飞快地跑过去，拽住了它的后腿。

我两只胳膊下各夹着一只猎犬，飞速往家跑去。到了新翻耕过的农田那儿，为了更快些，我放下猎犬，让它们自己跑。一到家，我便不停地大喊大叫。

妈妈跑出家门，三个妹妹紧随其后。爸爸正在牛棚里给骡子套笼头。"有蛇啦！有蛇啦！"妈妈朝爸爸喊。爸爸忙丢下笼头，跳过篱笆，大步朝我跑来。

妈妈最先跑到我跟前，一把抓住我问："咬哪儿了？咬哪儿了？"

"咬？"我疑惑地说，"妈妈，我没被蛇咬。我抓住啦！我抓到它啦！"

"你抓住什么了？"妈妈问。

"一只大浣熊。"我说,"河谷里最大的呢!妈妈,它足足有这么大。"我用手比画了一个容量足有四五升的水桶。

妈妈深深地吸了口气,双手捂住脸,泪珠大滴大滴从指缝间溢出来。我听见她低声说:"感谢上帝,感谢上帝。我以为你被蛇咬了。"

妹妹们见妈妈哭了,不知所措,也哇哇哭起来。

"该用鞭子抽他。"大妹妹说,"把妈妈吓成这样,就得拿鞭子抽。"

我像丢了魂一样,也哭起来。

"我不是有意吓妈妈的。我就想告诉大家,我抓到浣熊了。"我哽咽着说。

爸爸一直没说话,只是静静地站着,看着眼前发生的一切。

"好了,都别哭了。比利又不是故意的。"爸爸开口说道。

爸爸从口袋里掏出手绢,走上前抱住妈妈,为她拭去眼泪。

妈妈轻轻推开爸爸,瞪着我大声说:"比利·科尔曼,以后你再这样吓我,我就用鞭子把你抽个稀烂。"

我很伤心。"你们干吗对我这么凶。我只不过是在河边抓到了一只浣熊,没别的。"

妈妈走过来说:"孩子,对不起。我不是故意发脾气的,但你确实把我吓坏了,我以为你被毒蛇咬了呢。"

"现在一切都弄明白了。咱们赶紧把浣熊抓回来吧。"爸爸看看妈妈，"你们为什么不和我们一起去呢？不会耽误多少时间。"

妈妈看着我，笑了笑，转身问三个妹妹："你们想去吗？"

妹妹们欢呼雀跃起来。

前往河边的路上，妈妈看见我衬衫上有零星的血迹，便拉住我仔细地检查起来。

"这些血迹是哪儿来的？浣熊咬你了吗？"她问。

"妈妈，没有啊。它根本咬不着我，我离它远着呢。"我说。

妈妈不放心地拉开我的衬衫。"你身上没有被抓过的痕迹啊。"她说。

"或许血是从那儿来的。"爸爸插进话来。

他弯下腰，抱起老丹。它小巧的黑鼻子撕裂了，伤口很大，正不停地流血。

妈妈略显宽慰，她看着我，摇了摇头说："真不知道这到底是怎么回事。"

"那只浣熊抓住了老丹？"爸爸问。

"对，它抓住了老丹。多亏了小安的帮助，不然老丹早就被浣熊活活吃掉了。"我说。

我给大家讲述了两只猎犬与浣熊搏斗的经过。

爸爸一边抚摸老丹，一边笑着说："它就要成为名副其实的猎犬了，一定会是一只了不起的猎犬。"

我们刚出现在浣熊眼前，它就大吼大叫起来。

"天啊！简直无法想象，这么小的东西竟然如此凶猛。"妈妈感叹道。

爸爸捡起一根木棍，说："大家闪开，别碍事。我一会儿就把它收拾好。"

两只小猎犬迫不及待地想冲上去，拦都拦不住。我使出吃奶的力气，死死地抱住它们，唯恐它们从我怀里跳出去。

妹妹们躲在妈妈身后，睁大眼睛偷偷张望。

爸爸瞄准浣熊的脑袋，当头狠狠地来了一棒。浣熊龇着牙，尖声咆哮。它拼命挣扎，想要袭击爸爸，却被机关牢牢困住。

妹妹们躲进妈妈的衣服后边，放声大哭起来。妈妈转过身背对着浣熊，我隐约听见她说："咱们真不该来。可怜的家伙。"

爸爸又敲了一棒，一切都结束了。

对妈妈和三个妹妹而言，这实在太残忍了，于是她们先回家了。她们穿越茂密的丛林时，我听见树丛哗哗地响。

浣熊断气以后，我走上前去。为了将它的前爪从机关里拔出来，爸爸绞尽了脑汁。最后他忽然想起了口袋里的钳子，"幸亏我随身带着钳子，不然咱们得把它的爪子砍掉了。"

爸爸拔掉所有的马蹄钉后，将浣熊的前爪从洞里拉了出来。它爪子里还紧紧攥着亮锃锃的锡片。

爸爸低声说："真搞不明白，它只需要松开爪子就万事大吉了。但它是不会松开的，爷爷说得很对。"

他用手轻轻抚摸浣熊柔软的黄色毛发，脸上露出了痛心的表情。"比利，我希望你拿把锤子把所有马蹄钉都拔下来。现在是夏季，浣熊的皮毛质量不好。另外，我觉得这种捕捉方法有失风度与公平。浣熊丝毫没有获胜的可能。这次就算了，因为你急需浣熊皮。但是，我希望你今后让猎犬去捕捉浣熊，这样的话，浣熊有百分之五十的胜算，这样才公平。"

"爸爸，我知道了。我一直是这么想的。"我应道。

剥浣熊皮的时候，爸爸问我打算什么时候开始训练猎犬。

"我也不清楚。您说它们是不是太小了？"

"不，我并不这么认为。听人说，猎犬越早开始训练越好。"

"啊？这样的话，我打算明天就开始。"

在大妹妹的帮助下，我们给猎犬上了第一课。她抓住猎犬的项圈，我用浣熊皮留下一串串的气味来引导它们。

我拿着浣熊皮爬上悬在水面上方的树枝，纵身跳进河里，然后游到河对岸，在岸上留下串串痕迹。我还用铁丝将浣熊皮绑在长杆上，将它举到篱笆顶端，在空中舞动一会儿，然后再举到离地面大约六七米的地方。借助那张浣熊皮，我做了所有浣熊会做的举动，或许还有不少浣熊做不了的事呢。

两只小猎犬不停地追逐，那真是一道迷人的风景。刚开始的时候，它们笨手笨脚，不知道自己该做什么，但它们从未放弃过尝试。

老丹迫切又兴奋。最开始，当气味绕弯或者转向的时候，它仍咆哮着一路往前跑。但没过多久，它便意识到狡猾的老浣熊并不总沿着直线跑。

小安却很聪明。它不停地变换着步子，又跑又叫，很快就发现了追踪的秘诀。

起初，它俩都怕水。我不愿承认这一点，总是骗自己说，它们只是不想弄湿身体罢了。但它们每次跟随着气味来到河边时都会停下来，蹲坐在地上，叫嚷着求助。我一只胳膊夹起一只猎犬走到河中央，然后把它们放进清凉的河水中。这时十有八九会出现的一幕是，两只猎犬分头往不同的方向游去。这部分的训练耗费了我不少时间，但我有的是耐心。

很多天之后，它们终于喜欢上了游泳。老丹会纵身跃上岸，然后使劲抖掉身上的水珠。小安则尽情享受，仿佛麝鼠般游到岸边。

我把所有的技巧——不论是自己先前知道的，还是从别人那里新学来的——都教给了它们。我还训练它们如何分头搜寻浣熊留下的蛛丝马迹，因为谁也不知道浣熊会在何处上岸。有时它会逆流而上，有时则会顺流而下；有时候它会返回之前下水的地方，有时可能游向对岸，或者干脆停在河流中间的破树枝上；有时它甚至抓着悬于河流上方的树枝就能攀爬着离开河边；有时它也会从被水流侵蚀的河岸爬上来，或者直接钻进麝鼠的老巢。

狡猾的老浣熊最擅长的把戏就是障眼法。它先飞快地爬到树上，然后借助有力的双腿一跃而起，着地之前便已跳到了八九米之外。愚蠢的浣熊猎犬追到树下后，依然傻傻地对着树上叫个不停。我会让猎犬先围着树走上几圈，确认浣熊仍然留在树上之后再叫。

为了学习更多猎浣熊的技巧，我常常到爷爷的杂货店听捕浣熊的人讲故事。有些故事又长又离奇，而我相信那是真的。

爷爷开玩笑的时候，眼睛总是眨个不停。他告诉我浣熊如何跳到雾气之上，消失在星空中，又如何跃到马背上，与猎犬竞赛。这些是不是玩笑话我都不在乎，因为我喜欢听离奇的故事。凡是与浣熊有关的，哪怕仅仅涉及它的半根毛发，我都会信以为真。

训练从初夏持续到了深秋，我虽然疲惫不堪，却很幸福。我觉得，捕捉浣熊的时机已经成熟了。

有一天深夜，筋疲力尽的我在一棵高大的枫树旁坐下来，把两只浣熊猎犬叫到身边，说："结束了，今后再也没有训练了。我尽了全力，从现在起，就要看你们的了。再过几天就到打猎的季节了，现在我会让你们好好休息，保存体力。"

我与它们心贴心交流的时候，它们似乎总能理解我的心思，这是一件多么奇妙的事啊。我问的每一个问题，它们都有回应。虽然它们不能用人类的语言说话，但有自己的语言。答案有时在眼睛里，有时在友好的摆尾中，有时在低沉的号叫里，有时在轻暖湿润的舔舐中……

8

开始打猎的那天，我像家猫萨米尔一样坐立不安。那天似乎比往日漫长了许多。

我把提灯洗干净，加满油，然后拿猪油擦拭自己的靴子，一直擦到它们如蜂鸟巢般柔软。我正磨斧头的时候，爸爸走了过来。

他笑着说："今晚可是个好日子，我没说错吧？"

"爸爸，当然啦。为了这一天，我已经等了好久了。"

"我知道，孩子。"爸爸说，"打猎季节家里的事不多，我一个人顾得过来，所以你尽管去，把想要的东西都打回来。"

"谢谢爸爸。我夜里要很晚才能回家，白天要好好睡一觉。"

爸爸皱起了眉头，说："你知道妈妈不太愿意让你出去打猎。你自己一个人，她不放心。"

"我不明白妈妈为什么要担心。从会走路的那天起,我就经常去森林里玩,况且我马上就十四岁了。"

"女人和男人不大一样,她们担心的事情多。出于安全考虑,我觉得你最好把打猎的地点告诉大家。这样万一发生了意外,我们也知道去哪儿找你。"爸爸说。

我向他保证会把地点告诉他们,但我并不认为会出什么意外。

爸爸走后,我忽然想到,爸爸跟我说话时不再把我当三岁孩子,而是把我当大人一样看待。这个美妙的念头让我感觉自己像家里的棕色毛驴一样高大。

我和两只猎犬认真地谈了一番。"为了今晚,我几乎等了三年。我把自己知道的东西都教给了你们,希望你们全力以赴。"

小安似乎明白了我的意思,它呜呜地叫着,伸出舌头舔我的脸。老丹好像也懂了,却没有表现出来,而是伸展四肢,一动不动地晒着太阳,仿佛一团软绵绵的碎布。

吃晚饭的时候,妈妈问我去哪儿打猎。

"我不会跑远的,就在河岸附近。"

我察觉出妈妈有些担忧,这让我不太好受。

"比利,我不赞成你去打猎,但我不能阻止你。毕竟你已经买到了猎犬,还训练了那么长时间。"妈妈说。

"比利不会有事的。你看,他都要长成大人了。"爸爸表示支持。

"大人！"妈妈惊叫道，"你怎么能这么说呢？他还是个小孩啊！"

"你不能总把他当成三岁小孩，总有一天他会长大的。"爸爸说。

"我知道，但我还是忍不住担心。"

"妈妈，您别再操心了。我不会有事的。您又不是不知道，我已经跑遍了那些山头。"

"我知道你跑遍了，但那是白天。到了晚上，情况就不一样了。天那么黑，什么事都有可能发生。"

"不会有事的，我保证会很小心。"我说。

妈妈从餐桌旁站起身，说："好吧，就像刚才说的，我没法阻止你，但还是忍不住担心。你打猎的时候，我会为你祈祷。"

听了妈妈这番话，我不知道自己还该不该去打猎。爸爸似乎察觉到了我的心思。"天已经黑了。在我的印象中，浣熊总是很早就出来活动，你是不是该出发了？"

妈妈帮我穿衣服的时候，爸爸点上提灯递给我，说："明天早上，我希望熏肉房的墙上钉着一张大浣熊皮。"

全家人把我送到了门廊。令所有人大吃一惊的是，两只小猎犬正坐在梯子上等我呢！

我听见爸爸哈哈大笑起来。"啊，它们俩知道你要去打猎，真是聪明啊。"

妈妈接过话："你真的这么认为？不过看起来它们好像真的知道……快看——"

小安开始扭动身体，老丹则蹦蹦跳跳地来到门前望着我。

"它们当然知道比利要去打猎，"小妹妹尖声说，"我知道这是为什么。"

"小笨蛋，你怎么知道这么多？"大妹妹问。

"因为我告诉了小安啊，它又告诉了老丹，所以它们就知道了。"妹妹解释。

大家都哈哈大笑。

离开家时，我听到的依然是妈妈的叮咛："比利，你可要当心，早点回来。"

夜静谧而凉爽，明月高悬，整个奥沙克山区都沐浴在柔和的银光里。头上星光点点的苍穹不禁让我想起撑开的蓝色巨伞。

进入树林之前，我叫住了猎犬，轻轻地对它们说："今晚的猎物与往日不一样了，它不再是一张毛皮，而是真家伙，所以你们要记住我讲过的每个技巧。你们只需要将浣熊追到树上，剩下的事情交给我。拜托啦。"

说完，我放开它们，大喊："冲——"

两只猎犬箭一般向树林跑去。

到达河边时，我身上的每一根神经都像琴弦一样紧绷着。我睁大眼睛，竖起耳朵，一边往前走，一边不时停下来倾听。不知道的还以为我要亲自追浣熊呢。

这是我见过的最静谧的夜。月光下，周围高大的枫树仿佛洁白的飘带一样亮光闪闪。一只出来觅食的鼬鼠悄悄地在河边爬行，圆溜溜的红色小眼睛像鬼火般一闪一闪。它看到了我，我微微一笑，它转身消失在灌木丛中。忽然，附近的丛林里传来刺耳的撕咬声和沙沙的拍翅声，一只小动物在痛苦地尖叫，想必夜鹰找到了自己的晚餐。

我听见一只猎犬在河岸对面崎岖的群山背后低声叫唤。是不是很久以前我站在窗边听到的那只呢？谁知道呢？

我一直期待着我的猎犬发出叫声，但号叫真的传来时我却吓了一跳。老丹深沉的嗓音打破了周围的寂静，我丢下斧头，提灯几乎从手中滑落。我重重地喘着气，探头想呼唤猎犬，但意外发生了。我的喉咙像打了结，使劲吞咽了好几次口水，那个结才消失。

我放开嗓子喊：“老丹，抓住它！抓住它！”

小安过来了。它那悦耳的叫声让我浑身打哆嗦。我冲着它喊：“小安，赶快告诉老丹，快告诉它！”

为了这一刻，我祈祷过，忙碌过，更流过无数汗水。两只小猎犬已经嗅到了浣熊的气味。不知为什么，我哭了。我含着泪，一次又一次地叫喊。

它们埋头朝下游跑去。我跳起来，飞快地跟在后面。

往下游游了一米多远后，浣熊使出了第一个把戏。我从猎犬的叫声里听出来，它们把浣熊跟丢了。我追上去，见它们蹲在一堆残枝败叶上嗅来嗅去。

浣熊已经离开树丛，跃进水里，游向了对岸。对一只经验丰富的浣熊猎犬来说，这个小把戏算不了什么，但我的两只小猎犬头一回追逐浣熊，对浣熊的伎俩还有些陌生。

我站在旁边观察，看它们能否回忆起之前的训练。我还时不时吼上几声，给它们加油。

老丹忽然勃然大怒，它摇晃着尾巴，龇牙号叫，随后来到我身边，仰头求助。

"我不会帮你的，"我厉声说，"在那堆破树枝上是不可能找到它的。只要稍微回忆一下之前的训练，就知道它去哪儿了。赶快去找——"

老丹又回到原地搜寻起来。

小安跑到我跟前，我看见它温和的灰眼睛里流露出哀求的目光。"小家伙，我真为你感到惭愧，本以为你的悟性会高一些呢。如果这么容易就被蒙蔽，你是成不了真正的浣熊猎犬的。"

它呜呜叫着，转身朝下游方向继续寻找。

真是忍无可忍！难道之前的训练都付诸东流了吗？我知道，如果我蹚过河，它们就会跟上来。两只猎犬到了对岸，很容易就能发现浣熊的踪迹。可我不想这样做，我想让它们自己发现。我越想越生气，坐下来把头埋在臂间。

老丹又开始在那堆破树枝上呜呜地低吠。这下我气坏了，站起身厉声呵斥。

我实在不明白老丹的举动，只见它沿着树枝跑来跑去，汪汪叫上几声后，望向下游。我顺着它的目光望过去，只见一个黑影正在往对岸游。起初我以为是只麝鼠，可借着河水中央最明亮的月光，我清楚地看到那是小安。

我大声呼喊，想让它知道它的小主人是多么自豪——小安记起了之前的训练。

它在满是砾石的地方上岸，抖掉身上的水，接着便消失在茂密的丛林里。几分钟之后，小安告诉我它已经找到了踪迹。那悦耳的叫声还没消失，老丹就一头扎进水里，迫不及待地跑去与小安并肩作战，边游边呜呜叫。

老丹在水中扑腾叫唤，游动时激起一道又一道高高的白色水幕，在明亮的月光的照射下，仿佛成百上千颗银光闪烁的小星星。

老丹离开水面，爬上对岸的河滩时，匆忙之中滑了一跤，摔倒了。它急忙站起来，边跑边叫，跃过一根挡住去路的木桩，消失了。几分钟后，我听见了老丹的叫声，它深沉的低吼与小安的尖叫相互唱和……

那一刻，世上没有一个孩子能像我这样为爱犬感到自豪。我今后再也不会怀疑心爱的猎犬了。

我一边匆匆前行，一边寻找可以蹚过去的浅滩。忽然，猎犬的叫声停下了。我等待着，聆听着，叫声又在河这边响了起来。浣熊回来了。

我情不自禁地笑了。从此以后，它们再不会被浣熊的这种把戏愚弄了吧！

那个老家伙开始玩下一个把戏。它爬到离岸边三米远的一棵大橡树上，不见了踪影。

我来到橡树旁，回头看见两只猎犬正朝对岸游去。它们在对岸忙碌了半个小时，没发现踪迹，又游了回来。我站在一旁静静观察，为了找到浣熊的足迹，它们将对岸搜了个遍。

老丹发现浣熊已经爬上了橡树，于是又折回来，抬头汪汪叫了几声。

"宝贝，这么做没什么用。我知道它爬了上去，但现在不在那儿了。就像爷爷说的，它爬到树梢，逃跑了，消失在茫茫的星空中。"我说。

两只猎犬不知道这一点，但我坚信浣熊就是这么做的。

它们不甘心就此罢休，又游到了对岸。有什么用呢？浣熊根本没踏上对岸半步。它们又游回来，老丹往上游找，小安去下游找。

一个半小时后，两只猎犬垂头丧气地跑来找我帮忙。

我跪在两只猎犬之间，轻拍它们，让它们知道我依然爱着它们。

"我不生气，你们已经尽力了。如果那只浣熊愚弄了咱们，那么咱们就认输吧。走，去别的地方看看！河谷里又不是只有这一只浣熊。"

我正要拾起斧头和提灯，小安发出了一声尖叫，飞快朝下游跑去。老丹一脸困惑，站着看了一会儿后，忽然高高仰起头，汪汪叫着去追小安。树丛哗啦啦作响。

我不知道到底发生了什么事。小安一定听到或看到了什么，它们的声音告诉我，不管追逐的是什么，它们就要成功了。

那只动物本来已离开河谷，朝山里跑去。但它一定察觉到了两只猎犬正在一步步逼近，于是跑到山脚下后，又转身朝河边逃来。

我正在寻思眼前上演的是一出什么好戏，冷不防看到那只动物径直朝我飞奔而来。我连忙放下提灯，紧紧地攥住斧头。

我站在那儿，脑海里浮现出熊、狮子以及各种各样的动物的身影，吓得匆忙往一棵高大的枫树上爬。这时，一只大浣熊倏地从我身旁掠过。身后，两只猎犬肩并肩冲过来，又跳又叫……

我缓过神来，又变成了勇敢的猎人，放开嗓门喊叫："抓住它！抓住它！"

我跑进丛林，紧紧追赶，正要绕过几棵槭树时，猎犬的叫声戛然而止。

我屏住呼吸，静静地站住等待。不大一会儿，叫声——撕心裂肺的叫声又响起来了。我的小猎犬成功了！它们成功地将浣熊追到了树上。

我走到它们身边，呆住了，叹息起来，实在不愿意相信眼前的一幕：河谷上枫树林立，棵棵笔直挺拔，但是两只猎犬面对的那一棵却是最大的。

我以前来这里闲逛时，每次看到这棵树都赞叹不已。在这片林子里，它仿佛一位高高在上的国王，周边的树木都是它的子民。

我曾经花了不少工夫给这棵高大的枫树起名字，有一段时间，我将它命名为"母鸡树"，因为它让我想起风雨中守护着鸡宝宝的鸡妈妈，粗大的枝干伸展开来，将矮小的桦树、白蜡树、橡树、槭树等都遮蔽起来，仿佛一位保护神。

后来，我又称它为"巨人"，但这个名字没用多长时间。妈妈给我们讲过巨人的故事。她说，巨人生活在群山里，会吃掉迷路的小孩。我又开始琢磨其他的名字。

有一天，我躺在艳阳下，欣赏着山间无与伦比的美景，忽然想到了一个简单又好听的名字——"大树"，它周边的河谷就叫"大树谷"。

我绕着枫树走来走去，借着皎洁的月光寻找浣熊。树上有一根枯枝，枯枝根部有一个洞。我认定那是浣熊的窝。

我几乎可以爬上所有的树，但这次却只能望树兴叹了，连砍倒它都得花上几天的时间。

"走吧，"我对两只猎犬说，"我也无能为力，咱们去别的地方看看，追其他的浣熊吧。"

我转身走开了，两只猎犬却丝毫没有跟过来的意思，站在那儿大声号叫。老丹还直起身子，把前爪搭到枫树上。

"我知道浣熊在上面，"我说，"但我爬不上去。最低的树枝离地面也有十八米，砍倒它都得好久呢。"

我转身继续走。

小安跟了过来，用舌头舔着我的手。我清了清嗓子说："孩子，对不起。我像你一样特别想得到它，但没办法。"

它又跑到枫树下，在树根附近松软的地上刨起来。

"快走吧！"我声音沙哑地说，"你们俩别做傻事了。如果我有办法，肯定会帮你们抓到它，但现在我也无能为力。"

小安满脸委屈的样子，夹着尾巴走了过来，看都没看我一眼。老丹慢悠悠地走到枫树后，偷偷地望着我，友好的眼睛里流露出的信息让我伤透了心：你说过，我们只需要把浣熊追到树上，其余的事就交给你了。

我眼里噙满泪水，望着那棵高大的枫树，愤怒地说："不管你有多高大，我都不会让猎犬失望。我要行动了！我要砍倒你，哪怕花一年工夫也在所不惜。"

我走上前，抡起斧头朝着光滑的树皮使劲砍去。两只小猎犬不禁兴奋起来。小安不停地绕着圈子跑，愉悦的叫声不绝于耳。老丹吼叫着，啃起树干来。

刚开始的时候，一切都很顺利。斧头很锋利，砍得树皮哗哗飞舞。两个小时后，情况不妙了。我的胳膊仿佛变成了两条干枯的葡萄藤，体内的力气被抽得干干净净。

短暂的休息之后，我发现进度比我想象的要快很多。砍出的口子已经有三十厘米深了。

猎犬蹲坐在地上，等待着，观察着。看到它们的表情，我欣慰地笑了。每次我停下的时候，两个小家伙都会跑过来，小安舔我脸上的汗珠，老丹则不停地摇尾巴，似乎对眼前的进展很是满意。

天边曙光初露时，我又一次卯足了劲儿，把树皮砍得四处飞溅。很快，我的体力彻底耗尽。太阳升起的时候，我已全身僵硬，手脚麻木，一动也不能动，腰也疼得厉害。我靠着树坐下，竟然不知不觉睡着了。

醒来的时候，小安正在舔我的脸。我忍着剧烈的酸痛站起来，感觉都快瘫倒了。我正想跑到河边洗把脸清醒清醒时，传来了叫喊声。我一听便知是爸爸。我也大叫着，告诉他我的位置。

爸爸是骑着毛驴来的。他看了看两只小猎犬，又望了望那棵高大的枫树，如释重负，眼里的担忧不见了踪影。

他缓慢而又冷静地问："比利，你还好吗？"

"爸爸，我很好，就是有点累，有点困。"我说。

他跳下驴背走到我身边。"妈妈很担心。你一整晚都没回家，大家不知道出了什么事。你应该回家的。"

我哑口无言，低头看着地面，强忍住泪水。爸爸把手放在我肩上。

"我不怪你，只是家里人很担心。"他说。

我抬起头，看见爸爸脸上露出了笑容。

爸爸转过身望着枫树，说："这不就是你的那棵'大树'吗？"

我点了点头。

"树上有浣熊吗？"他问。

"爸爸，当然有了。它就躲在树枝里。快看，那根树枝的末端有个洞。我没有回家是因为怕它逃跑。"

"如果我是你的话，在决定砍倒这么一大棵树以前，会先确认它是不是还藏在上面。"

"它肯定躲在上面。它爬上树的时候，猎犬离它不到三米远。"

"你为什么非要逮这只浣熊不可呢？"爸爸问，"不能换一只？或许别的浣熊会选择矮一些的树。"

"爸爸，这个我也考虑过。"我说，"但是，我和两只小家伙之间有个约定。我说过，如果它们把浣熊追上树，其余的事就交给我了。它们已经完成了任务，现在轮到我了。我要把树砍倒，即使花上一年的时间也要砍倒它。"

爸爸笑着说："呵呵，倒是用不了一年，不过得花上好一阵子。孩子，听着，你先骑毛驴回家吃早饭，我来砍，你回来后再接替我。"

"不行，爸爸。"我说，"我不想让任何人帮忙。我要独自一人砍倒它。如果有人帮我，我就会觉得违背了承诺。"

爸爸脸上露出惊讶的表情。"听着，比利，你不能一直不吃、不喝、不睡地待在这儿，砍倒它至少需要两天时间，这谈何容易。"

"爸爸，我求您了，不要赶我走。我一定要抓到它。如果我失败了，两只小家伙今后就不会信任我了。"我哀求道。

爸爸不知如何是好。他挠着头，看看猎犬，又看看我。我静静地等待着他的回答。

"那好吧。"他说，"如果你真想这样做，我支持你。毕竟诚信是金。我现在要赶紧回去，给你妈妈报个平安。不过你绝对不能空着肚子一直砍下去，我让妹妹给你送午饭。"

我含着泪说："请您转告妈妈，我昨晚没回家，让她担心了。"

"你别担心妈妈了，"爸爸一边说，一边跨上驴背，"我会照顾好她的。今天我要去一趟爷爷的杂货店，顺便把这件事好好跟爷爷说说，他或许能帮上忙。"

　　爸爸离开后，枫树似乎变小了，斧头也不那么重了，砍树的时候我甚至还有精神哼上一两句歌。

　　妹妹来送午饭时，我本来要亲吻她以表感谢，但一吃起来就顾不上了。她看了一眼那棵高大的枫树，两只蓝色的眼睛睁得像鸡蛋一样大。

　　"你疯了！"她说，"你真疯了！花一个月时间砍倒大树，就为了得到一只老浣熊！"

　　我只顾津津有味地吃着鲜猪肉片、煎鸡蛋和热乎乎的小饼干，并不在意她说了什么。毕竟她是个女孩，想法与男孩不大一样。

　　她依然嘟嘟囔囔个没完："你今天是不可能砍倒的。天黑以后怎么办呢？"

　　"我会一直砍下去。昨天晚上不就熬过来了吗？我会一直在这儿待到它倒下为止，不管要花多长时间。"

　　妹妹伸长脖子，仰头看着高大的枫树。"你太疯狂了。我还从没听说过这么疯狂的事。"

　　她走到我面前，一本正经地要求看看我的眼睛。

　　"看我的眼睛？"我问，"看眼睛干什么？我又没病。"

　　"比利，你病了。"她说，"你病得很厉害。妈妈曾经说过，老约翰逊发疯的时候，眼睛就会变成绿色。我想看看你的眼睛有没有变绿。"

我实在受不了妹妹，大声嚷道："你再不走开，我就让你的眼睛变成红色，我可是说到做到。"

说着，我随手拾起一根木棒，朝她走去。当然，我不会动真格的。

妹妹吓得转身就跑，渐渐消失在了丛林里，但我听见她仍在自言自语。

我在饭盒下面发现了一小包剩饭，这是给两只小家伙准备的。它们吃的时候，我走到小溪边打了一桶清凉的溪水。

食物有着神奇的功效，我又有了力量。我往手上吐了一口唾沫，哼着浣熊猎人的号子，抡起斧头继续砍。

口子越砍越大，我竟然可以躺在里面了。我挪到另外一侧，重新开了个口子。每当我休息的时候，老丹都会跑过来查看我的工作。它跳到口子里，嗅来嗅去。

"你最好出来，"我说，"如果枫树忽然倒了，会把你砸得比蝌蚪的尾巴还扁。"

它友好的脸上露出毫不在乎的神情，摇了摇尾巴，催促我抓紧时间。

小安在一堆枯叶中刨了个窝，躺在那儿仿佛睡着了，但我知道那只不过是个幌子。因为我每次放下斧头休息的时候，它总会仰头看我。

9

夜深了，我再也哼不出欢快的调子。腰疼得厉害，腿和胳膊上的肌肉不停地抽搐。我感到一阵阵胸闷，肺部似乎在燃烧，全身疲惫不堪，再也砍不下去了。

我坐在地上，把猎犬叫到身边，眼里噙着泪水告诉它们，我实在砍不动了。

正想方设法求得谅解的时候，我听见有人来了。是爷爷驾着小马车来了。

我相信，世上没有谁能像爷爷一样了解小孩。他的眼睛一眨一眨的，长满胡须的脸上露出笑容。

"嗨，进展得怎么样了？"爷爷低声问。

"爷爷，不是很顺利。"我说，"我砍不动了，它太大了，我不得不放弃。"

"放弃？"爷爷大声说，"我不想听到这样的话。孩子，'放弃'二字是我最不愿意听到的。难道你会动手做一件完成不了的事吗？"

"我也不想放弃，爷爷。"我说，"但是，这棵树太大了，我一点力气也没有了。"

"那是肯定的，"爷爷说，"因为你做事的方法不对。干砍大树这样的事，你得先保证睡好、吃饱。"

"我哪能睡好吃饱呢，爷爷？我不能离开这棵树，不然浣熊就跑了。"我辩解道。

"不，它不会跑的。我来这儿的目的就是要告诉你怎样才能让浣熊留在树上。"爷爷说。

他一边绕着枫树走，一边抬头看，然后笑着说："孩子，这只浣熊可不小吧？"

"没错，爷爷，它是整个河谷里最大的。"我说。

爷爷呵呵地笑起来："再好不过了。浣熊越大，越不容易下来。"

"怎么才能让浣熊待在树上呢，爷爷？"我问。

他一脸自豪地说："这是捕捉浣熊的技巧之一，我还是个孩子的时候就学会了。咱们就让它待在树上吧。哦，我不是说让它永远待在树上，而是待个四五天。饿得坚持不住了，它自然会跑下来。"

"要不了那么长时间，"我说，"我保证，明天晚上就可以把树砍倒。"

爷爷看了看树上的口子，"这倒不一定。虽然已经砍了一半，但要知道，这是你连续奋战一整天的成绩。"

"如果我能美美地睡上一觉，再吃上一顿好饭，就可以一直砍下去。"我说。

爷爷哈哈笑了起来："说到吃饭，你妈妈今晚准备了鸡肉和布丁，咱们可不能错过。所以，赶快动手吧。"

"爷爷，您想让我做什么？"我问。

"哦，先让我看看。"爷爷说，"首先咱们需要几根长树枝。拿斧头去林子里砍一些来。"

我照爷爷的吩咐去砍树枝，一路上都在不停地思索怎么才能将浣熊困在树上。

回来时，爷爷从车厢里拿出一些破旧的衣服。"拿着这顶绒线帽，装半帽子草和树叶来。"他说。

我去忙的时候，爷爷走到枫树旁，抬头不停地打量。"你真的确定它就藏在树洞里？"他问。

"就藏在里面，不会在别的地方。我已经找遍了，树上没有别的洞了。"

"这样的话，咱们最好把人摆放在这儿。"爷爷说。

"人？什么人？"我吃惊地问。

"咱们要做的人。"他说，"对咱们来说，它是稻草人；但对浣熊来说，它就是真人。"

我自认为对狡猾的浣熊了如指掌。"稻草人怎么能让浣熊待在树上？"我问。

"可以的。"爷爷说，"浣熊从洞里探出头，一看见地上有人，便不敢下来了。没有四五天的时间，它是发现不了真相的，等它发现时，一切都晚了，浣熊皮早就钉在熏肉房的墙上了。"

我越想越觉得爷爷的方法可行，于是哈哈大笑起来，眼泪都笑出来了。

"这么好笑吗？难道你不相信稻草人管用？"爷爷不解地问。

"爷爷，当然管用。"我说，"我只是在想，那些浣熊自认为聪明过人，其实它们傻得很，您说对不对？"

我俩又哈哈大笑起来。

爷爷用木棍和铁丝做了一个木架，然后给木架穿上破旧的裤子和红色的毛衣，接着把干草和树叶塞进干瘪的衣服里，最后将戴着绒线帽的脑袋插在身子上。做完这一切，他往后退了一步，得意地欣赏着自己的杰作。

"好啦！你觉得怎么样？"他问。

"如果它有脸的话，看起来就和真人一模一样了。"我说。

"咱们马上画张脸。"爷爷笑呵呵地说。

他拿起一根小木棍，从车辘辘上刮下一些润滑油。我站在旁边，看着他慢慢地施展自己的"艺术才华"：他在戴着绒线帽的脑袋上画了一双狡诈的眼睛、一个鹰钩鼻，还有一张我见过的最难看的嘴。

"现在你觉得怎么样？哈哈，看起来好多了吧？"他问。

我大笑着对爷爷说，即便浣熊在树上待到加百利天使吹响号角宣告末日降临，我也不会吃惊。

"它不会待那么久的，"爷爷笑呵呵地说，"但是，它会待到你把树砍倒。"

"这样就够了。"

"该回家啦，"爷爷说，"天很晚了，咱们可不要错过可口的饭菜。"

我全身酸疼得厉害，爷爷扶了我一把，我才爬上车。

我呼唤着两只猎犬。小安很勉强地走了过来，老丹则不愿意离开枫树。

"走啊，丹。咱们回家吃点东西，明天再来。"我哄它说。

它望着身后。

"快走！咱们不能再在这儿待一晚上。"我厉声喝道。

这让老丹很伤心。它走到高大的枫树后面，藏了起来。

"唉，真是耽误事。"爷爷从车上跳下来，"知道浣熊躲在树上，它就不愿意离开。这就是你的猎犬啊！真不赖。"

他把老丹抱起来放到车上。

一路上，我不得不使劲抓住老丹的项圈，唯恐它跳下去，跑回枫树那儿。

车子离开河谷后，爷爷开口说："比利，你这次砍树，我认为是件好事。如果所有男孩子一生中都要砍倒一棵这么大的树，该有多好啊。这有益于他们的成长，磨炼意志，考验决心。拥有这些品质，会让你受用一生。"

我不太理解爷爷嘴里的决心和意志，摆在我眼前的不过是一棵高大的枫树、一斧一斧的砍伐和一张执意要弄到手的浣熊皮。

我们回到家，妈妈一看见我便检查起来。"你没事吧？"她问。

"妈妈，我没事。您为什么会觉得我有事呢？"

"嗯……我也说不清楚。看见你从车上跳下来的样子，我以为你受伤了。"

"哦，他一刻不停地砍树，浑身酸疼，没什么大碍，很快就会好的。"爷爷说。

妈妈仔细检查了一番，发现我没有摔断骨头，也没有伤到腿，就笑着说："算了，算了。我必须要适应了。"

爸爸站在门廊那儿喊："快进来吧。大家一直等着开饭呢。"

"今天吃鸡肉和布丁，都是特意为你做的。"妈妈笑着说。

吃饭的时候，我对爷爷说，我觉得现在树上的浣熊不是猎犬一开始时追的那只。

"为什么呢？"爷爷问。

我将浣熊耍的把戏和小安后来发现浣熊的情形讲了一遍。

爷爷的脸上绽放出笑容。他说:"比利,它们是同一只浣熊。浣熊狡猾着呢,它耍了一个鬼把戏,百分之九十的猎犬都会上当受骗。"

"爷爷,它到底做了什么呢？"我不解地问,"我敢打赌,它没有过河。"

爷爷将餐盘推到旁边,拿叉子当笔,在桌布上画起了示意图。"这种把戏叫作暗度陈仓。"他说,"玩法是这样的:浣熊爬上那棵橡树,但是只爬了四或六米,然后一边转身沿着相同的路线下来,一边寻找别的出路。当听见猎犬靠近的时候,它纵身一跃,跳上了最近的一棵树。猎犬寻找踪迹的时候,它一直躲在那棵树上。一切恢复平静之后,它以为猎犬放弃了追踪,所以从树上爬下来,这时小安发现了它。"

爷爷用叉子指着我,严肃地说:"比利,你记住我的话。小安用不了几天就能熟知浣熊的每一个把戏。"

"爷爷,您要知道,老丹冲着橡树上的浣熊不停地叫,小安却一声不吭。"

"它当然不叫了。"爷爷说,"小安知道浣熊不在那棵树上。"

"啊？我还从来没听说过这样的事。"妈妈说,"浣熊竟然如此狡猾。如果比利砍倒了枫树,却发现上面没有浣熊,岂不可惜！"

"妈妈，它藏在上面。"我急切地说，"我知道它肯定在树上。浣熊往树上爬的时候，猎犬紧紧地跟在后面。另外，我到树下的时候，小安正疯狂地叫着。"

"没错，它在树上。"爷爷说，"猎犬追得太紧了，浣熊没有时间玩别的把戏。"

晚饭后不久，爷爷就离开了。他临走之前对我说："过几天我还会来的，我很想看到那张浣熊皮。"

爷爷的帮助让我十分感激，我陪着他走到马车旁。

"啊！我差点忘了。"他说，"听说在东北部的许多州，浣熊皮大衣又成了时尚，大家都疯狂地购买呢。如果这是真的，浣熊皮涨价便指日可待了。"

听到这个消息，我很兴奋。我把爷爷的话告诉爸爸。爸爸笑着说："要是能将树上的浣熊搞到手，你会赚不少钱。"

睡觉之前，妈妈让我洗了个热水澡，还给我擦了一身油，那油闻起来有一股麝香的味道。

第二天妈妈叫我起床的时候，我浑身疼得厉害，穿衣服都成了问题。妈妈只好过来帮我一把。

"你最好还是放走那只浣熊。"妈妈劝我说，"我觉得它不值得你拼死拼活。"

"妈妈，我不能放手，树就快砍倒了。"我解释道。

爸爸从牛棚里走了过来，问："怎么了？身上还有点疼吧？"

"什么叫有点疼！"妈妈尖叫着，"他连衣服都穿不上了。"

"哦，他会好起来的。我也用过斧头，过不了多久他的身体就能恢复。"爸爸说。

妈妈摇了摇头，开始把早饭摆上餐桌。

大家吃饭的时候，爸爸说："昨天夜里我醒了好几次，每次醒来都听见猎犬在叫，似乎是老丹的声音。"

我迅速离开餐桌，朝狗舍跑去。老丹果然不见了踪影。

小安的表现有些异乎寻常。它汪汪地叫着，眼睛一直盯着河谷的方向。它跑到大门口，又回来竖起前腿抓我。

爸爸妈妈一路小跑过来。

"老丹不见了！"我说，"它可能去了枫树那里。"

"它会去那儿吗？我觉着它可能躲到了别的地方。"妈妈说。

"大家都别说话，仔细听！"我说。

我走出大门，高声唤老丹。在那个宁静又清凉的早晨，我的声音像钟声一样回荡在山间。回声还没有消失，河谷那边就传来了老丹低沉的叫声。

"它在那儿！"我叫道，"它想看看浣熊是不是还躲在树上。妈妈，您知道了吧，这就是我为什么要逮到那只浣熊。我不能让老丹失望。"

"哦，我这辈子都没见过，"妈妈说，"没见过这么痴迷于打猎的狗。好了，比利，我现在明白了！我希望你能逮到那只浣熊，哪怕要把河谷的树都砍倒。我希望你帮这两只小狗抓住它。"

"妈妈，我一定会抓住它的。"我说，"也许今天就能抓住。"

爸爸笑着说："看来稻草人是多此一举，让老丹守在树旁看着浣熊就行了。"

我跑出家门，时不时停下来呼唤老丹。老丹每一次都用低沉的声音回应我。

小安冲在我前面。等我到达枫树跟前时，它俩的叫声已经在整个河谷回荡。

老丹先后退几步，然后发出一声低沉的吼叫，窜到树下，用爪子抓住树皮，努力往枫树上爬。

小安也不甘示弱，它站起身，将小巧的前爪扣在光滑的白色树皮上，似乎是在告诉浣熊，自己知道它还躲在上面。

它俩安静下来之后，我把老丹叫到身边。"丹，我真为你感到自豪。"我说，"你在树旁整整守护了一夜，真是只好猎犬。但是，你不需要亲自跑过来守着。为了防止浣熊逃跑，咱们不是扎了一个稻草人嘛！"

小安跑过来，开始在树叶上打滚儿。看到它那顽皮、陶醉的样子，我拉下脸。"你倒是感觉不错。"我生气地说，"昨天夜里，你待在舒适暖和的窝里美美地睡了一觉。老丹却独自在寒冷中待了一夜，守护着枫树。你这种表现，让我觉得浣熊逃不逃走好像跟你没有任何关系一样。"

我正要接着往下说，忽然察觉到了什么。为了看得更清楚，我朝前走了几步。只见松软的树叶堆被挤出了两个深深的窝，一大一小。我看着小安，它那双亲切的灰眼睛给了我答案。

老丹并不是孤零零地守在枫树这儿，小安也跟来了。一大早，它又跑回家叫我。

"安，对不起，都怪我没弄清楚。"我说话的时候，喉咙一阵发紧。

刚开始工作的半个小时让我痛苦难耐。每次抡起斧头，我都感觉胳膊要脱臼了。我咬紧牙关继续一斧一斧地砍，那感觉就像被人塞进水桶从山上往下推。

爸爸以前说过，干重活会让身体发热，而用不了多久热气便会使肌肉放松。我想起爸爸抡斧头的样子，斧头咔嚓一声砍在树上的同时，他会"哈——"地喊上一声。我也效仿起来。咔嚓！"哈——"咔嚓！"哈——"我不知道这样做有没有效果，但是，如果能让工作进展得快一些，我愿意做任何尝试。

我不得不经常停下来，清理落在缺口里的碎木屑。我发现，这些木屑不像爸爸砍树时掉下来的那么大，那么硬，那么平整。它们个头很小，似乎掉在地上就会摔得粉碎。

切口不整齐也不平滑，而是凸凹不平，看起来更像水獭的杰作。然而，我并不在意动作是否干净利落，我只想听到高大的枫树噼噼啪啪地慢慢倒下。

下午，我感到手掌像针扎一般刺痛。当发现手上磨出了水泡时，我几乎流下泪来。水泡从最初的一个变成两个，后来一个接一个冒出来，仿佛白色的小玻璃球，布满整个手掌，苍白之中夹着一丝丝浅红。水泡磨烂的时候，我唯一能做的就是强忍着不叫出声来。我将毛巾撕成两半，缠在两只手上。开始时，毛巾缓解了疼痛。但是，当毛巾与血淋淋的肉粘在一起时，我知道痛苦又要开始了。

我将两只猎犬叫到身边，把手伸给它们看。"我做不下去了。我已经尽力了，但还是砍不倒。现在我连斧头都举不起来了。"

小安呜呜地叫着，开始舔我酸痛的手掌。老丹似乎也看出了什么，用头蹭着我，想安慰我。

我伤心地准备回家。回头看时，眼角的余光扫到了爷爷扎的稻草人，它似乎在嘲笑我。我看着高大的枫树，它就要被砍倒了。连接树干的地方只有窄窄的一段，顺着光滑的白树皮向上望去，巨大的树枝向四周伸展着。

我哽咽着说："你以为你赢了，但是你没有。我没抓到浣熊，你也活不了，我已经把你的生命线砍断了。"为什么砍死了树，却什么都没有得到呢？我伤心起来。

我在两只猎犬中间跪下，边哭边祈祷："上帝，请您给我力量，让我抓到浣熊吧！我不想这样空手离开。请您助我一臂之力吧！"

我正要重新包扎好手掌继续砍树时，忽然听到低沉的呼呼声。我站起来环顾四周。那声音依然在响，却不知道来自何处。我抬头望着高大的枫树尖，大风将树枝吹得乱摆，粗大的树干也一阵晃动。

我望向右边一棵黑色的橡树，它的树枝纹丝不动，几片干枯的叶子挂在枝头，一片树叶掉下来，慢悠悠地飘到地面。

我的左侧立着一棵高大的朴树。我仰头看着树梢，它像篱笆桩一样稳稳当当。

一阵大风卷向树梢，吹得枫树咯吱咯吱响。我知道，它要倒了。我赶忙抓住猎犬的项圈，跑到了安全的地方。

枫树的树梢疯狂摇摆，忽然，传来咔嚓一声巨响，声音似乎是从笨重的树桩内部发出的。我出神地站在旁边，望着这棵大树。它似乎在拼命抗争。我几次以为它会倒下，它却又神奇地恢复了平衡。

枫树倔强的抵抗似乎惹恼了大风。风怒吼着，咆哮着，猛烈地吹向摇摆不定的树梢。枫树发出最后一声痛苦的叹息，倒了下来。沉重的树梢失去平衡，飞速冲向地面，一棵矮小的白蜡树被这个庞然大物死死压住，树干断裂时发出了巨大的轰鸣。

　　枫树粗壮的树枝将周围小树的枝干劈了个精光。一根碗口粗细的树枝砸到了橡树的树梢，断裂的枝条飞溅到空中，随后雨点般哗哗落下。哗啦一声巨响后，枫树倒在了地上。河谷恢复了宁静。

　　地面上断裂的树枝纵横交错，一团棕色的毛茸茸的东西飞快地从一片狼藉中跳了出来。我松开猎犬，放开嗓门尖叫："丹，抓住它！抓住它！"

　　老丹情急之下一头撞到了橡树上。它坐下来，低沉地吼叫。它受伤了。

　　小安逮住了浣熊。浣熊发出一声声惨叫。我吓得险些丢了魂，拿起一根木棍，匆忙朝浣熊跑去。

　　浣熊跳到小安的头上，不停地咆哮、厮打……小安痛苦地叫着，将浣熊甩开。浣熊飞快地往河边跑去。我想，它这下肯定要逃之夭夭了。可是，它刚跑到河边，小安又扑了上去。

　　我很想给浣熊当头一棒，但是因为怕打着小安，迟迟不敢下手。我眼眶湿润，忽然看见满身血红的老丹纵身一跃，加入了战斗。它像疯了一样，把对橡树的愤怒发泄到了浣熊身上。

　　它俩将浣熊摁在地上。空中充满了血腥味。浣熊撕心裂肺的哀号和老丹深沉的咆哮声声入耳。几分钟之后，一切都结束了。

两只猎犬在断了气的浣熊身旁嗅来嗅去，流露出胜利的喜悦。我站在旁边看着，内心有些沉重。

我拖着浣熊回到枫树旁捡斧头。我静静地望着倒在地上的枫树，本该为自己的付出感到骄傲，然而不知为什么，却一点也骄傲不起来。我知道，今后我会怀念河谷上的这棵巨型枫树，因为它在我的生命中留下了一份美好。我想到在一旁欣赏它美丽身姿的场景，想到为它挑选名字的日日夜夜。

"对不起，我不想砍倒你，但是没有办法。我希望你能原谅。"我说。

黄昏时，我慢慢地往家里走去，得意、自豪等字眼不断在我脑海浮现。这种感觉好极了！手上的疼痛也消失不见。我有什么理由不高兴呢？两只猎犬不是将浣熊追到树上又杀死了吗？那一刻，我忽然觉得自己是一个真正的猎人。

全家人早已在门廊迎接我。三个妹妹跑过来，惊奇地望着我的猎物。

爸爸笑着说："哈哈，我知道你会逮住它的。"

"那当然了，爸爸。"我说着，将浣熊高高地举起，让大家看清楚。妈妈瞟了一眼冷冰冰的尸体，看上去有些害怕。

"比利，"她说，"听见大树倒下的那一刻，我快吓死了，我还以为砸在了你身上呢。"

"哦，妈妈，"我说，"我没事。我躲到了旁边安全的地方，它怎么能砸到我呢？"

妈妈摇了摇头。"不。"她说，"所有的妈妈都怕自己的孩子出事。"

"好了！好了！"爸爸说，"我帮你把皮剥掉。"

把浣熊皮往熏肉房的墙上钉时，我问爸爸昨晚有没有刮风。

他想了想说："没有，我敢肯定没刮风。你问这干什么？"

"我也说不清楚。"我说，"但是，我觉得昨天下午在河谷发生了奇怪的事。"

我告诉爸爸，当时我的手疼得厉害，根本没办法再砍树。为了继续下去，我请求上帝赐给我力量。

"有什么奇怪的吗？"

"我也不知道。"我说，"但是，我没有把大枫树砍倒，是大风把它吹倒了。"

"这没什么。"爸爸说，"这样的事我见得多了。"

"不仅仅是风，"我说，"风吹来的时候丝毫没有影响到河谷里其他的树。我看得很清楚，大风只吹了那棵枫树。您说是不是上帝听到了我的祈祷？是祈祷帮了我吗？"

爸爸挠着脑袋看着地面，平静地说："比利，我不知道。恐怕我无法回答你的问题。要知道，那棵枫树是整个河谷中最高的。或许它高高地耸立在那儿，招来了风。恐怕我帮不了你，你还是自己去想明白吧。"

对我来说，这并不难想明白。我深信自己得到了上帝的帮助。

10

妈妈用我猎到的第一张浣熊皮给我做了顶帽子。我的高兴劲儿不亚于爸爸得到几头上好的密苏里州骡子时的心情。妈妈后来说，她多么希望当初不给我做浣熊皮帽子啊，因为戴上那顶皮帽，我总会迫不及待地要去打猎。我深深地迷上了浣熊。

每天晚上，我都会出去捕浣熊，除非天气不好，那样的话妈妈会全力阻止我。

外出打猎的夜晚是多么美好啊！我像野鹿一样兴奋地在丛林里穿行，爬上河滩，跳过圆木，一路跑，一路叫，一边喊"哦哦——抓住它！抓住它"，一边聆听两只猎犬的叫声。

狡猾的老浣熊很容易骗过老丹，然而，沿着河岸悄悄觅食的浣熊，没有一只能骗得了小安。

正如爷爷所料，浣熊皮的价格一路攀升。一张中等大小的浣熊皮可以卖到四到十美元。

我把所有猎到的浣熊皮都钉在熏肉房的墙上。为了显得更多，我会将它们铺开一些。我总是把它们钉在邻街的那面墙上，只为让邻居都能清楚地看见我的累累战果。

我把浣熊皮换来的钱悉数交给了爸爸。钱不是我关心的东西。拥有猎犬已使我心满意足。爸爸似乎把钱存了起来，要买什么特别的东西，因为我从来没看见家里添置过一件新玩意。然而，就像其他孩子一样，我不关心这个，所以从不过问。

两只猎犬就是我的全部。它们与我形影不离。只有一个地方是我不愿意让它俩去的，那就是爷爷的杂货店。总有猎犬在那儿窜来窜去，似乎想欺负老丹。

我攒好一批毛皮后会去爷爷的店里，为了甩掉两只猎犬，我绞尽脑汁。它们似乎能看懂我的心思，不管我怎么尝试，都甩不掉。我骗不了它们。

有一次，我以为自己的做法够高明了。头一天，我把浣熊皮拿到牛棚里藏了起来。第二天早晨，我在家里晃悠了一会儿，然后若无其事地吹着口哨来到牛棚。我爬到牛棚上面，偷偷地望出去，看见老丹和小安正躺在窝前休息，根本没往我这儿看。

我拿起浣熊皮，悄悄地从后门溜了出来，像野猫一样走进丛林。我爬上一棵低矮的山茱萸，回头望望狗窝。两只小猎犬依然待在窝里，似乎没有察觉到我的行踪。

我觉得自己成了精明的神探福尔摩斯。我一边走，一边欢快地唱歌。忽然，它们摇晃着尾巴从矮树丛里冒了出来，不停地挠着我，非要一块儿去不可。刚开始，我气得说不出话来，但看到蹦蹦跳跳的小安，怒火都被抛到了脑后。我坐在那捆浣熊皮上开怀大笑，笑到肚子疼。我可以厉声训斥它们，但是让我抽上它们几鞭子，比让我去亲吻一个女孩更难。男孩怎么可能鞭打自己心爱的猎犬呢？

爷爷总是细心地点数我的浣熊皮，并且在纸上记录下来。我从来没见他这样对待过其他猎人，这激起了我的好奇心。一天，他正写的时候，我问："爷爷，您为什么要这样做呢？"他透过老花镜望着我,故作认真地说:"你别问了，我有自己的考虑。"

每当爷爷用这样的语气和我说话时，我便不再追问。而且，即使他在杂货店的每张纸上都做上记录，跟我又有什么关系呢？

每个周六，我都想方设法跑到爷爷的杂货店，因为那天是浣熊猎人聚会的日子。我无须再站在人群之外听猎人们讲故事，而是可以走到中间，与大家分享我的经历。

我没有必要编造谎言，毕竟我的猎犬已经很让人折服。然而，有时候我确实有些夸张，但又有哪个浣熊猎人完全实话实说呢？每个人都会或多或少地夸大自己的故事。

周围的猎人如痴如醉地听我讲述打猎故事。我讲的时候，爷爷从来不插话。他在杂货店里悠闲地走来走去，傻乎乎地微笑。每当我太过夸张，他就会走到我跟前，往我裤兜里塞上一块肥皂。我便面红耳赤，草草收尾，飞快地冲出店门，跑回家去。

　　猎人们总是拿我的两只浣熊猎犬开玩笑，有些话甚至令我怒气冲天。"我从没见过这么小的猎犬，但我猜它们是猎犬，至少看起来很像！""我认为，小安还没有比利描述的一半聪明。它太矮小了，那些老浣熊会以为它是只兔子。我敢打赌，等它蹑手蹑脚地靠近浣熊时，浣熊们才发现原来它是只猎犬。""有的晚上，大个儿的浣熊老家伙会把小安拉进窝里，把它当成自己抚养的浣熊宝宝！"……

　　他们说这些玩笑话的时候，我脸上总是挂着微笑，血液却像烧水壶里的水一样哗哗地沸腾。有一招可以封住他们的嘴："走！咱们看看谁的浣熊皮最多！"

　　我的两只猎犬个头确实不大，尤其是小安，它可以从一只普通的猎犬身下走过。如果不看它的耳朵，没人会说它是一只猎犬。小安的举动也不像猎犬。它每天都在玩耍，家里的母鸡、牛犊、一张纸，甚至一束玉米穗都是它的玩伴。小安虽然个头不高，却特别惹人喜欢。流浪猫也可以成为它的伙伴。

　　老丹与它截然相反。它带着一副好战又蛮横的神态，整天趾高气扬地走来走去。它个头不大，体重却不轻。它身子长，胸脯宽厚，四条腿短小有力，身上的肌肉块块凸现，走起路来，肌肉不停地晃动。

但老丹是一只友好的狗，不怯生，易与人亲近。然而，它又有怪脾气。除了小安，它不愿意与别的猎犬或者别的猎人——甚至我爸爸——一同出猎。最不可思议的是，如果小安不在，它甚至不跟我外出打猎。有一天晚上，我带它出去时发现了这一点。

那一次，小安被锋利的火石磨破了右脚掌，伤势很重。我用皮革做了一只小靴子套在它脚上。为了不让它尾随我出去打猎，我把它关在了谷仓里。

第三天晚上，我决定带老丹出去转一圈。我们一到河谷，老丹便钻进了茂密的矮树林。我等了又等，希望它找到浣熊的踪迹，但什么都没发生。大约两个小时后，我开始呼唤它，它却不出来，也不回应。我唤了一遍又一遍，最后一怒之下自己回家了。

到家后我四处找寻。从牛棚走出来时，我看见老丹在谷仓前的空地上缩成一团，这才恍然大悟。我走上前去打开谷仓门。它跑进谷仓里，嗅嗅小安的伤口，在玉米皮里转了一圈，随后卧在了小安旁边。它抬头望着我的时候，那双友好的灰眼睛似乎在对我说：你早就该这样做。

小安能不能独自出去打猎呢？我无从知晓。我敢肯定它做得到，因为它是一只聪明又善解人意的猎犬。

小安是妹妹们的最爱。她们会轻轻地抚摸它，给它梳毛、按摩，还带它到小溪旁帮它洗澡。小安总是欣然接受。

如果妈妈想要抓只鸡，也会叫小安来帮忙，它不会弄掉半根羽毛。有一次，妈妈让老丹帮忙，结果整只鸡被吃得干干净净，只剩几根凌乱的羽毛。

但小安注定要独自走完一生，做不了妈妈。也许是因为发育受阻，也许是因为过于弱小。

十一月到次年二月是打猎的最好季节，很多次回家时已是太阳高悬。每次打猎回来，我都会悉心照料两只猎犬。如果有碎石或荆棘扎进它们的肉趾里，我就用双氧水和药膏帮它们疗伤。

我从没见过哪一只猎犬像老丹这么有决心，也从没见过哪只猎犬能像它那样战胜那么多艰险。可是很多时候，如果没有聪明的小安，老丹可能早就去了另一个世界。

一天晚上，我们刚来到河谷，它俩便发现了一只老浣熊。那是一只聪明的老家伙，会耍许多把戏。它一次又一次地游过河面，最后来到河流中央，沿湍急的河水顺流而下。

两只猎犬知道它一定会在某处上岸，便兵分两路，老丹守在右岸，小安守在左岸。我走出河谷来到一片河滩上，站在月光下望着它们。

小安到下游找了一圈，回来时，它从我旁边经过，沿着河岸不停地嗅来嗅去，然后回到我跟前。我轻拍它的脑袋，抓住它的耳朵说了些话。它的视线越过河面一直盯着对岸，老丹正在那儿忙碌。

小安踏进水里，游过去帮老丹。我知道，浣熊没有从这边上岸，不然小安会发现它的踪迹的。我走到一处浅滩，脱掉鞋，向对岸蹚过去。

老丹和小安沿着河岸来来回回地搜寻，在河谷周围绕了个大圈。我能听到老丹大声地喘气，一副丈二和尚摸不着头脑的样子。看到眼前的一切，我不禁暗自发笑，因为我从没见过它俩这样被愚弄。

老丹放弃了在右岸的搜寻，一头扎进河里，游到小安曾经忙碌过的左岸。我心里清楚，它这样做也是徒劳。

我正要放弃，带它们去别的地方打猎时，忽然听到了小安的叫声。我简直不敢相信自己的耳朵。听起来它像在冲着树上的浣熊叫。我匆忙赶过去。

哗的一声巨响，我看见老丹又游了回来。明亮的月光下，老丹用有力的前腿划着河水。

接下来出现的一幕会让所有的猎人为之骄傲。

老丹将头高高地抬出水面，迫不及待地想游到岸上，同时咆哮着，告诉小安它来了。离河岸还很远的时候，它便叫了起来。

老丹游到浅水区，扑腾着离开水面来到河滩上。还没来得及抖掉身上的水，它就仰着脑袋，飞快地扑了过去。

我匆匆忙忙跟在后面，大声叫喊助威。老丹深沉的叫声让整片矮树丛为之颤抖。

水边有一棵高大的桦树。湍急的流水冲掉了树根处的泥土，大树向河面倾斜，低矮的枝条垂到了水面。

我明白了狡猾的老浣熊玩把戏的整个过程。它从河中央凫向岸边时，抓住一根下垂的树枝，顺势爬了上去。长时间的游泳令它筋疲力尽，它便躲藏在桦树上，以为这样猎犬就找不到它了。小安到底是怎么发现它的呢？我实在难以理解。

桦树倾斜得厉害，所以想从树上跳到河滩上是不可能的。接下来上演了最精彩的一幕。我从槭树上砍下一根长树枝，爬到了桦树上。

浣熊正坐在桦树枝上。我用槭树枝使劲抽了它一下。啪的一声巨响，它落到了水里，拼命向对岸游去。两只猎犬跳进河里，在后面紧追。它们岂是浣熊这个游泳健将的对手！浣熊上岸之后，迅速沿河而下。

我从树上爬下来，捡起斧头和提灯，快速跑向另一处浅滩，蹚到河对岸。猎犬的叫声告诉我，它们离浣熊很近了，不久就可以把它生擒。

忽然，猎犬的叫声停了下来。我静静地站着，等待它们用叫声宣告胜利，但期望的情景并没有出现。我以为浣熊又跑到了河里，它俩追到对岸需要时间。我等了又等，什么声音都没听见。我断定浣熊已经在地面被猎犬逮了个正着，便急着去看个究竟。

我来到一湾清水旁。对面的峭壁处传来一只猎犬的叫声。我一边寻找一边等候时，听见了猎犬跳进河里的声音。是小安，它径直游到我跟前，刚刚待了一会儿，就又跳进那湾清水里。

我听见小安不停地嗅着、叫着，老丹却不知去向。我弯下身子，将提灯举过头顶，对岸隐约可见。小安来来回回跑个不停。我发现，它自始至终都待在一个小范围内，寸步不离那片狭小的区域。

它远远地注视着水湾。一个可怕的想法浮现在我的脑海：老丹溺水了！我知道，一只大浣熊跳到猎犬头上将它按到水下，足以令它窒息而死。

我飞快地绕过那湾水，爬过峭壁，径直跑到小安那里。它歇斯底里地跑来跑去，号叫不止。

我把提灯绑在一根长杆上伸向水面，四处寻找着老丹的踪影。水面看得清清楚楚，却就是找不到老丹。我坐在岸上，用手捂着脸，呜呜地哭了起来。我想，老丹已经死了吧。

几分钟过去了。这几分钟里，小安一直沿着河岸来回跑，不停地闻嗅、叫唤。

我听见它刨地的声音，于是回头望了望。它离水边有三米远，正趴在一个苹果大小的洞口刨着。那是麝鼠窝。

　　我走过去把小安拉开，跪下来，耳朵紧贴地面。我能听见声音，也能感觉到地面在微微颤动。那声音很恐怖，似乎是从很远很远的地方传来的。我静静地听着，最后终于听出来了！

　　那是老丹的声音。小安把洞口刨开得足够大，老丹的声音才能隐约听到。它神不知鬼不觉地掉进了麝鼠窝。

　　我知道麝鼠窝的入口就在河岸下方。我挽起袖口，试图用手够到老丹。可惜洞太深，我够不着。

　　眼下只有一个办法。我丢下斧头和提灯，跑回家拿了把长把铁锹，又匆匆跑回岸边。

　　老丹被挖出来的时候，太阳已经升得老高了。它全身都沾满了泥，狼狈不堪。我攥着老丹的项圈，领它到水里洗澡。

　　洗净之后，它又跑回洞边。小安已经开始挖了。我断定浣熊依然藏在里面。我们一起努力，终于把浣熊揪了出来。

　　浣熊被杀死后，我才明白到底是什么使得这只老浣熊如此精明。它的右前爪皱巴巴地蜷成一团，以前一定被捕兽夹套住过，挣脱后又获得了自由。它的脸一片雪白，身体肥壮，毛皮漂亮。

　　我拖着疲惫、饥饿、湿漉漉的身体走回了家。

老丹是怎么掉进那个麝鼠窝的呢？或许还有一个入口没有被发现。这成了一个永远的谜团。

一天晚上，在群山后面一个叫作飓风林的地方，老丹尽兴地玩了一把。

许多许多年以前，一场可怕的飓风咆哮、盘旋，猛烈地袭过山林。风过之处，树木都被吹倒了，形成一片空地。这里因为野生动物众多，成为狩猎的理想之地。

两只猎犬早在一小时以前便已经锁定了浣熊的踪迹，它俩不停地给浣熊"热身"。我知道，浣熊快要往树上爬了。果不其然，老丹深沉地叫了起来，它在告诉全世界，浣熊逃到了树上。

我飞快地朝它们跑去，老丹的叫声却忽然停了，只有小安还在汪汪叫。这是怎么回事呢？我知道肯定发生了什么，心里不免有些担心。不一会儿，老丹又叫了起来，声音比之前更响亮。我这才放下心来。

我来到树下时，还以为小安将老丹追到了树上呢。小安蹲坐在地上，仰头汪汪地叫。离地面足足四米多高的地方，老丹后爪紧紧地扣在一根粗大的树枝上，前爪抱住树干拼命大叫。

它上方两三米的地方有一只年幼的浣熊。我很庆幸那是一只小家伙，如果是只老浣熊，它可能会跳下树，那么老丹也会跟着跳下来，摔伤便不可避免了。

从我站着的地方看，老丹是不可能爬上树的。那棵树已经枯死，与其说是树，不如说是一截腐烂的树桩。上面的树枝歪歪扭扭，树皮也脱落了，只剩下光秃秃的、平滑如镜的树干。第一根树枝离地面足有三米高。我真想象不出老丹是怎么上去的。

我绕到树的另一面，才弄明白老丹是怎么爬到如此惊人的高度的。原来枯树的根部有个大洞，树心是空的。我后退几步，抬头看见了另外一个洞。之前老丹的身体将它遮得严严实实。

老丹从根部的洞钻进，沿着空空的树干爬到了树枝上，然后它又巧妙地转过身，蹲坐着，前爪抱住了树干。

原来如此！我一时手足失措，不知如何是好。我不能把树砍倒，又担心爬上去的话，会让浣熊受惊跳下来。如果它跳下来，老丹也会跟着往下跳，最终摔伤自己。

我脑海中闪过一个又一个办法，却没有一个合适的。最后，我决定爬到树上，抓住疯狂的猎犬。我吹灭提灯，脱掉鞋袜，慢慢地攀爬起来，边爬边不断祈祷浣熊千万别往下跳。

我小心翼翼地爬到树上，紧紧抓住老丹的项圈。它时不时地号叫几声，震得我耳朵疼。我不能将它抛到地上，也不能和它一起爬下去，更不能一直坐在树上紧紧地抓着它直到天明。

我望了一眼树洞，心想，如果它是从这个洞里钻出来的，一定也可以钻下去。

我决定就这样把老丹赶回地面。老丹并不愿意将头塞进树洞。我嚷啊，推啊，塞啊，费了九牛二虎之力，才让它钻进去。

接着我傻傻地坐在树枝上，等着老丹从根部的洞口钻出来。最后它出来了，但又叫着转过身，很快钻了进去。除了坐在树枝上等，我还能做什么呢？这时我才明白当初老丹为什么停止了号叫，原来它忙着钻树洞呢。

我的耳朵紧贴洞口，便能听见它爬上来的声音。它刚到洞口，我就把它拽出来，转过身，又把它塞了回去，接着我自己也钻了进去。我讨厌坐在树枝上，脚没有穿鞋，冷得厉害。

它先我一步到达地面，我看见它转了个身，又往洞里钻。我连忙跳到地面，脚着地时踩到了石块，硌得难受。

等我跑到洞口时，老丹的整个身子已经进了洞。我伸手一把抓住它的尾巴，另一只手拉住它的腿，将它拽了出来。然后我用石块把树洞塞得严严实实，老丹再也没办法钻进去了。

我拿起石块对准浣熊，它吓得跑回了地面。这下老丹如愿以偿了……

猎物到手了，我动身往家里走去。

11

　　我常常想，如果小安遇到困难，老丹会怎么做呢？一天晚上，我得到了答案。

　　北风夹着雪花接连吹了好几天。气温骤降到零下十度。大风刮起时，万物封冻，地面像玻璃般光滑而坚硬。

　　我被困在家里，仿佛离开水的鱼儿般躁动不安。我跟妈妈抱怨，大雪好像要下一个冬天。

　　她笑着说："整个冬天倒是不可能，但看上去确实要下上一阵子。"

　　妈妈理理我的头发，亲了亲我的额头。这下我可气坏了。我最不喜欢这样被人亲吻。我几乎擦掉了一层皮，可依然感觉额头又湿又黏，仿佛着了火。

　　第五天夜里，暴风雪停了，地上的积雪足足有七厘米厚。第六天早晨，我来到狗屋前，扒掉门上的积雪，低头走进去。屋内暖和得像烤箱。小安冲过来，把我的脸舔了个遍。

老丹用尾巴拍打着墙壁，节奏不亚于一首动人的曲子。

我让它们准备好晚上外出打猎。我知道，下雪期间，老浣熊一直被迫躲在窝里，如今已是饥肠辘辘，也该出来活动了。

那天晚上离开家的时候，爸爸说："比利，你今晚要小心。雪地太滑了，很容易扭伤脚、摔断腿。"

我告诉他我会当心的，而且我不会走远，最多跑到河谷上的农田附近。

"好吧！但是，不管怎样，"爸爸说，"你要小心。今晚没有月亮，河边还会有雾。"

穿过自家的农田时，我才知道爸爸说得没错。天黑地滑，我好多次滑倒在地。除了提灯发出的光，周围漆黑一片。但我并不担心。

还没走到丛林，老丹低沉的吼叫便震落了枝头的雪花。我停下脚步静静地听。它又号叫起来。低沉的叫声掠过高大的枫树林，穿过茂密的丛林，飘过空荡荡的农田，回荡在山麓边。声音似乎在那儿被撞得粉碎，慢慢地消失在群山里。

老丹慢悠悠地搜寻着浣熊的踪迹，我明白其中的缘由。如果小安不跑到它身边与它并肩作战，它是不会多走半步的。我猜想小安永远不会像它这样。小安甜美的叫声让我感受到了打猎的快乐，我深深地吸了一口气，大声喊起来。

浣熊往上游跑了一会儿，然后忽然离开河谷，径直奔向了大山。我站着静静地听，它俩的叫声渐渐模糊了。地面滑得厉害，我艰难地向它们追去。距离山麓还有一段路时，我听见它们跑了回来。

浣熊在山里调了个头，又往河边跑来。我思忖着，它会玩什么花样呢？我很清楚，雪地上很难隐藏足迹，后来我发现精明的老浣熊也知道这个道理。

猎犬的声音越来越近，我知道它们径直朝我奔来。有一阵，我吹熄了灯火，觉得这样依然可以看到它们跑过田野，不过在一片漆黑中我什么也捕捉不到。

老丹和小安将浣熊撵下山，疯狂地追赶。浣熊似乎闻到了我的气息，或者是看到了提灯，便抄到右侧，跑进了我家前面的空地。我听见妹妹们不停地叫喊，爸爸也喊起来。

全家人都来到了门廊，聆听两只棕色小狗甜美的声音。我觉得自己与岸边那挺拔的枫树一样高大，于是也兴奋地和大家一起大喊起来。

两只猎犬的叫声撕破了墨一般的黑夜，回声在宁静的冰天雪地中荡漾。

浣熊正往河边跑去，我听得出猎犬紧随其后。那家伙会不会跳进河里呢？我倒希望它不要跳进去，因为如果不是迫不得已，我不想踏进冰冷的河水半步。

我觉得精明的老浣熊转身返回河边是有原因的，我想起爷爷曾经说过，不要轻视老浣熊的精明，夜色黑暗，地面又滑的时候，它会跟猎犬玩缺德的把戏，有时候，那些把戏会给猎犬带来生命危险。

　　猎犬的叫声停下的时候，我刚沿着雾气朦胧的河谷走了一小段。我静静地站住，等待，聆听。冰冷的静谧笼罩着河谷。冻僵的树枝不时咔嚓作响。小山丘的背后，野狼悠长、孤寂的叫声在夜空中飘荡。河对岸，母牛也在哞哞地叫。

　　听不到猎犬的声音，我感到一丝不安。我大声喊叫，等待着回应。此时，我察觉到河谷里有些异样。

　　我不担心自己的猎犬。在我看来，无论浣熊耍什么把戏，识破它只是早晚的事。然而，那种异样的感觉却让我忧心起来。

　　我又使劲喊了几声，依然没有任何应答。我在光滑的地上吃力地走着，来到河边，我发现河水结了冰。这时我才明白自己为什么会有那种异样的感觉，原来是哗哗的流水声听不到了。

　　我站在河边静静地听，这才听见溪流中央汩汩的流水声。河水并没有全部封冻，中心有一个冰窟窿，汩汩声便是河水淌过时发出的声响。

　　我最后一次听到猎犬的叫声，是它们往下游走的时候。

我一边走，一边竖着耳朵继续听。

不一会儿我就听到了老丹在叫。但它的声音吓得我全身发抖，血液几乎凝固。那是一声长长的哭喊，似乎在苦苦地哀求。我既恐惧又担忧，心怦怦直跳，朝着声音传来的方向寻去。

老丹的又一声哀鸣告诉了我它的方位：它在冰层上。由于雾大，我看不见它，便呼唤起来，它发出低沉的回应。我又喊它的名字，这次它终于回到了我身边。

老丹往日的威风消失不见，夹着尾巴，头垂得很低，在离我十步开外的地方停下脚步。它坐在冰层上，仰起头，发出我听过的最悲伤的号叫，随后转过身，小跑着消失在雾气中。

我断定小安出事了。我呼唤着它的名字，它哀叫着回应。虽然看不到它，但我能猜测出发生的事：浣熊将它们引到河边后，走过冰层，越过那个窟窿跳到对岸，两只猎犬紧随其后。老丹比小安更有力量，成功地跳了过去，小安却不行，它那小巧的腿滑了一下，后半身掉进了冰冷的河水中。老丹看见可爱的朋友遭殃，便停止了追捕，跳回来帮忙。这就是精明的老浣熊玩的致命把戏。

我必须得做点什么，小安自己是爬不出来的，在冰冷的河水中冻僵只是早晚问题。

我放下斧头，举着提灯，慢慢地往冰层上迈去。没走几步，冰层就开始咔嚓咔嚓响起来，我赶忙跳到岸上。

小安开始呜呜地哀求。我的心仿佛碎成了一片一片，我撕心裂肺地哭起来。一定得想出办法，而且要快，不然就再也见不到我心爱的猎犬了。我想跑回家拿根绳子，或者叫爸爸来帮忙，但我知道，等我回来的时候，小安肯定已经消失得无影无踪了。我又不能跳进冰冷的河水里游过去。不能再等下去了，哪怕是一分钟！小安又在哀号，无望地乞求我。

我心想，要是能看见它，或许就能找出援救的办法。

灯光提醒了我。提灯发出的光虽然很微弱，但仍然能照明。我赶紧抓起灯和斧头，向河谷跑去。

我四处寻找着野藤条。似乎几个世纪过去，藤条终于找到了。我匆匆跑回来，砍掉枝丫和藤梢，把提灯挂在藤条的一端，轻轻地将它伸向冰面。

我先看到了老丹，它坐在冰窟窿旁边向下看。随后，我看见了小安，它的境况让我心疼地叫起来。它前爪叉开，紧扣冰层。除了脑袋和小小的前爪，身体的其他部分都泡在河水里。

老丹伸着头号叫。它虽然只是一只猎犬，却知道自己的小伙伴危在旦夕。

我想让灯光尽可能地靠近小安，但是杆子只有两米多长。我缓缓地移动杆子，放下提灯，心想，现在情况不仅没有好转，反而更糟糕了。小安快要不行了。

小安哀号不止。我看见它的前爪慢慢滑下去，身体一点一点地坠入水中。老丹咆哮着，躁动起来。它明白，小安的生命就要结束了。

我不太清楚自己是什么时候朝着小安走过去的。刚走两步，冰层就裂开了。我一个趔趄，抓住树根，缓慢地爬上岸，腿脚早已冰凉。

小安的处境悲惨到了极点，但我毫无办法。

水边耸立着一棵高大的枫树。我躲在树后，不忍心看那令人伤心的场景。小安以为我抛弃了它，汪汪地叫起来。我的心碎了。

我开口呼唤老丹，想把它叫过来一块儿回家，因为眼前发生的一切我们无能为力。我试了又试，却叫不出声。我把脸贴在冷冰冰的枫树皮上，回想着当年我请求上帝帮我弄到两只浣熊猎犬时说过的话。我跪在地上，哽咽着祈求上帝再伸援手，希望奇迹出现，拯救小安的性命。如果上帝帮助我，我愿意拿出一个小男孩能给予的所有东西作为回报。

我正在祈求的时候，忽然听到刺耳的金属碰撞声。我跳了起来。那声音像是船头的锁链在嘎嘎作响。

我大声呼喊着："快过来！我需要帮助！我的狗溺水了。"但整个河面只能听见小安的号叫。

我又喊起来："我在这里。您看不见我的灯光吗？我需要帮助。请您快点！"

我屏住呼吸，等待着对方的回应。我的裤子和上衣都湿透了，冻得直打哆嗦。河面慢慢恢复了宁静。我竖起耳朵，渴望捕捉些声音，可是只听到河水流过冰窟窿时发出的汩汩声。

我瞟了一眼小安。它依然死死地抓住冰层，但我发现它的前爪几乎滑到了边缘。我明白，时间不多了。

我辨不出刚才听到的是什么声音。那声音是铁块相互撞击时发出的，但到底是什么呢？

我看了看斧头。它是不可能发出声音的，因为它就在我旁边。声音一定是从前方的水面传来的。

看到提灯的时候，我才明白是它在捣鬼。不知什么缘故，坚硬的提手撞到了提灯的铁框，发出了刺耳的怪声。

最后一线希望破灭了。我闭上眼睛，打算再次祈求上帝尽快伸出援助之手。忽然，灵光乍现，提灯！我找到拯救小安的办法啦！简单易行！刚才那声响提供了线索。明亮的黄色火焰摇曳着，跳动着，似乎在说："抓紧时间吧，你知道该怎么做。"

我用平生最快的速度干起来。我用藤条把提灯钩到岸上，将提手拆下、扳直，一端做成弯钩，用鞋带将它绑在藤条的末端。藤条长出了十五厘米。

我开始叫嚷着给小安鼓劲，告诉它要坚持住，不要放弃，我马上就去救它。它用低沉的哀号回应我。

我脱掉衣服，拿起斧头，走进冰冷的河水，慢慢地往前挪动。河水没到了膝盖。我用斧头敲碎冰层，一步步吃力地往前移动。

河水淹没了屁股，后来又没了腰。刺骨的寒气让我呼吸困难，身体渐渐失去了知觉。我根本意识不到脚的存在，但我知道它们在缓慢地往前挪动。河水没到我的腋下时，我停下来，将藤条伸向小安。尽管伸直了胳膊，藤条离小安仍然有小半米远。我闭上眼睛，咬紧牙关，接着往前走。水没到了我的下巴。

我用藤条去钩小安的项圈，好多次我都觉得几乎要钩住了，却发现没有把握好角度。我不断地尝试、祈祷。时间一分一秒地过去，我又往前稍稍挪了挪。举着藤条的双臂渐渐酸疼起来。

小安的前爪又在滑动。我正想着，它这次会彻底掉进水里，但它又抓住了冰层。我只能看到它尚未没入水中的鼻子、眼睛和红色小爪子。

老丹的举动告诉我，它看懂了我的意图并想帮上一把。它跑到藤条旁边，不停地刨着冰层。我举起藤条打了它一下，这是我唯一一次抽打心爱的老丹。我必须得把它赶到旁边去，这样才能看清自己的行动。

正当我以为自己的计划不可能实现的时候，弯钩滑到了项圈下面。一切都还来得及。

我轻轻地将小安拽了出来。它一动不动，我以为它已经断气了。老丹汪汪地叫着，舔舐着小安的脸和耳朵。小安的头动了几下。我开始唤它的名字。它尝试着站起来，却没能成功。它身上的肌肉早已冻僵，血液也停止了流动。

看到小安动了动，老丹兴奋起来。它又叫又跳，红色的长尾巴不停摆动。

我紧握藤条，试图往后退一步，两只脚却不听使唤。恐惧涌上我的心头。我又使出浑身的力气挪动双腿。这下成功啦！原来，两只脚困在了满是淤泥的河底。

我拖着小安，缓慢地往后移动。我感觉不到手里还攥着藤条，等两只脚踏上冰冷的河岸时，我也感觉不到双脚的存在。我全身都僵硬了。

我把小安裹在外套里，用藤条将提灯钩上岸。

我找到一大堆树枝，挖出最底下干燥的那些，把提灯里的油往树枝上倒了一半，然后扔进去一根火柴，不一会儿工夫，树枝便熊熊燃烧起来。

我把小安放在温暖的火堆旁边，帮它按摩，老丹则用热乎乎的舌头舔舐着它的脑袋。

小安的叫声告诉我，它体内的血液开始流动了，体力也慢慢地恢复。我扶它站起来，带着它走路。虽然它走起路来不断地摇晃，但我知道它已经脱离了生命危险。我不禁长长地舒了口气，心情好多了。

衣服烤干后，我从藤条上取下提灯的提手，把提灯恢复原样。明亮的提手在火苗的映照下闪闪发光。

我对提灯说："老提灯，谢谢你，真是太谢谢你了。我会好好照顾你，你摆放的地方会永远干净，你会被擦得一尘不染，永远不会锈迹斑斑。"

我深知，如果没有提灯带来的奇迹，可爱的小安就会永远离我而去，坟墓就是刺骨的伊利诺伊河水。

我听见冰冷的河水汩汩地流过冰窟窿，它似乎不太高兴。河水向下游流去时，时而发出嘶嘶的叫声，时而隆隆地咆哮。我打着哆嗦，想象着如果小安没被救上岸会怎么样。

回家前，我又跑到高大的枫树下祈祷，但这一次却与往日不同：我不祈求奇迹发生，而只是虔诚地说了一声"谢谢"。这次祈祷不仅有言语，还包含我的一颗真心。

回家的路上，我决定不把小安的遭遇告诉爸爸妈妈。说出来肯定会吓坏妈妈，或许以后我就不能再外出打猎了。

回到家后，我没有把提灯放在平时的地方，而是将它带到了卧室。它待在角落里，提手伸向天际。

第二天早晨我喷嚏连天，得了重感冒。妈妈听说我昨天跑到了冰冷的河水中去，将我骂了一顿，不过她还是悉心照顾我。

接连三天我都待在家里没有出门。我总是时不时地去看看提灯。妹妹们在没完没了地嬉笑打闹，声音都要把房顶掀起来了。但是提灯的提手却稳稳地立着。

我问妈妈，上帝是不是总会满足所有人的祈祷。她微笑着答道："比利，并非所有的祈祷都能得到回应，只有发自内心的祈祷才能得到上帝的答复。祷告者必须虔诚且充满信心才行。"

妈妈想知道我为什么会问这样的问题。

我不想说出自己的秘密，只是回答道："没什么，我只是好奇。"

妈妈走到我面前，理了理我的背带裤，说："小比利真是问了一个很有趣的问题啊。"

她俯下身子亲吻我的额头，我使劲挣脱出来，脸上湿漉漉的，好像泥蜂用湿泥筑的巢。妈妈永远不会按照一个男孩应该被吻的方式亲吻我，这让我感觉自己傻乎乎的，仿佛一个小婴儿。我费劲地跟妈妈解释，告诉她不应该用那种方式亲吻一个真正的猎人，可是她压根儿就不明白这些道理。

我跺着脚跑了出去，想去看看两只小猎犬恢复得怎么样了。

12

老丹和小安的美名传遍了整个奥沙克山区。它们捕捉浣熊的本领超过了所有猎犬。没有哪个猎人交给爷爷的浣熊皮数量能超过我。爷爷不放过任何一次机会，逢人便讲它俩的故事，还讲他自己在购买猎犬时起到的作用。

很多时候，有人看见我就问："你爷爷告诉我，前几天你在豆藤湾逮到了三只大浣熊。"我心里明白自己其实只逮住了一只，有时或许连一只都没逮着。爷爷是我的好朋友，如果他说我在一棵树上抓了十只浣熊，那就十只吧。

由于爷爷的吹捧，以及他对我和猎犬的无比信任，后来发生了一件可怕的事。

一天早晨吃早饭的时候，妈妈对爸爸说："家里玉米面快要吃完了，你能不能再去磨一袋？"

爸爸说："家里的肉也快没有了，我得杀猪呢。"他扭头望着我说："你剥一袋玉米，牵上毛驴，帮妈妈磨面去吧。"

妹妹帮我剥了一袋玉米。我牵着驴，往爷爷的杂货店走去，磨坊就在杂货店旁边。

来到磨坊，我把驴拴在树桩上，卸下玉米放在门口，径直走进杂货店，跟爷爷说要磨些玉米面。

爷爷说："等会儿我过去帮你。"

我等爷爷的时候，听见了马蹄声，便抬头看是谁来了。原来是普理查德家最小的两个孩子。我十分讨厌这两个家伙。在本地举办的一些聚会和舞会上，我曾经见到过他们。

普理查德是个大家族，他们住在大河上游约莫八公里远的地方。在乡下，几乎每个地区都有一户不招人喜欢的人家。普理查德家就属于这种。小孩们经常听父辈说，他们家的人从事走私、偷盗的营生，个个都是十足的恶棍。老普理查德搬到这儿之前，曾经在密苏里州杀过一个人。

鲁宾比我大两岁，身体看起来比实际年龄壮很多。他向来寡言少语，粗糙的脸上长着一双猥琐的眼睛，两眼泛着黑晕，眨都不会眨一下，眼睑仿佛瘫痪了。据说，他在锯木厂打架时用刀子捅伤过别的孩子。

雷尼与我年龄差不多，家里排行最小。我认识的孩子中，他的人品最坏，大家都很讨厌他。雷尼走到哪里，麻烦就会跟到哪里。他喜欢跟人打赌，什么东西都敢拿来做赌注。他还总是一副坐立不安的样子，似乎永远也不会静静地站一会儿。

有一次，在爷爷的杂货店里，我好心要递给他一块糖，他却像抢一样从我手里夺过去，含在嘴里，随后冷笑着说不是什么好玩意。一次舞会上，他打赌说，谁愿意给他一角钱，他就敢揍我。

妈妈叮嘱我对雷尼好一些。她还说，雷尼那副德行也是身不由己。"为什么呢？"我不解地问。妈妈说，雷尼的哥哥总是找碴儿打他，所以他不得不凶巴巴的。

他们踏进杂货店，瞪着我。后来，鲁宾向柜台走去，雷尼朝我走来。

他斜眼望着我，说："我想和你打个赌。"

我告诉他我不想打赌。

他问我是不是害怕了。

"有什么好怕的，我不想打而已。"我说。

他的脖子和耳朵脏得不成样子，似乎几个月都没洗过，一双眼睛不停地四处窥视，像一只雪貂。因为他老拿袖子擦鼻涕，袖口上仿佛沾了一层厚厚的淀粉。

他发现我打量他，便问我喜不喜欢他。

我刚要开口说"不"，却又咽了回去，转身没理他。

鲁宾想买几块咀嚼的烟。

"咀嚼烟？你年龄小了点吧？"爷爷说。

"又不是我自己要，我是给爸爸买的。"鲁宾大声说。

爷爷递给他两块。他付了钱，转过身，将其中一块给了雷尼，然后将自己那块高高地举起，仔细打量。之后，他望着爷爷，张大嘴咬了一口。

爷爷小声抱怨说，这孩子怎么被教育成了这等模样。他从柜台后走出来，对我说："咱们去磨玉米面吧。"

普理查德家的两个孩子依然一动不动地站在原地。

"快走吧！"爷爷说，"我要锁门了，磨完玉米才回来。"

"不走！我想看看这儿的衣服。"鲁宾说。

"不行，你不能看。"爷爷说，"快出去！我要锁门了。"

他俩很不情愿地走了出去。

我帮爷爷转动石磨，开始磨玉米。普理查德家的两个孩子跟了过来，站在旁边看。

雷尼走到我跟前，说："我听说你那两只猎犬有两下子。"

我告诉他，老丹和小安是整个奥沙克山区最出色的，如果不相信的话，可以问爷爷。

他嘲讽般地望着我说："依我看，它们还没有你们吹捧的一半好。我打赌，我家的蓝斑浣熊猎犬打起猎来，肯定比它俩棒。"

我笑着说："你可以问问爷爷，看哪个猎人送来的浣熊皮最多。"

"鬼才相信他的话呢！他是个大骗子。"他说。

我告诉他，爷爷不是骗子。

"他不就是个杂货店老板吗？"他又说。

我望了爷爷一眼。他那张慈祥的面孔涨得通红，仿佛火鸡喉下血红血红的肉垂。

最后一些面粉慢慢地从石磨里转了出来。爷爷将磨把推到一边，关掉了电源。他走到雷尼跟前，说："你想干吗？过来找碴儿的吗？难道想打架不成？"

鲁宾轻轻地走上前来，说："这不关你的事。再说了，雷尼也不是来打架的，我们只不过想和比利打个赌而已。"

爷爷生气地看着鲁宾，"打赌可不是闹着玩的，你想怎么赌？"

鲁宾往干净的地板上吐了一口烟汁，说："事情是这样的。我们经常听人说他的猎犬多么多么厉害，但我们认为那都是假的，所以就想打一个小小的赌。赌两美元怎么样？"

我从来没见过爷爷气成那样。他的脸色由红逐渐变成了灰白，镜片后面那双慈祥的眼睛里燃起怒火。

他大声问："你想赌什么？"

鲁宾又吐了一口。爷爷的视线紧紧地盯着黄色的烟汁，看它抛着弧线落在地上，啪的一声溅出很远。

鲁宾又脏又丑的脸上露出一丝不屑的笑，说："我家那块地上有一只老浣熊，它已经在那儿待了很长时间，还没有哪只猎犬聪明得能把它追上树。所以，我——"

雷尼忽然插话说："那可不是一只普通的浣熊。它是个老家伙，周围的人都叫它'浣熊鬼'。相信我，它简直就是真的鬼魂。它与浣熊猎犬赛跑，让它们兴奋起来，自己却躲到树上，消失得无影无踪。我家那只蓝斑猎犬不知道追过它多少次了。"

鲁宾命令雷尼住口，让他把话说完。他望了我一眼，说："你看怎么样？你的猎犬能把老浣熊追到树上吗？敢赌两美元吗？"

我看着爷爷，他却一声不吭。

我告诉鲁宾，自己不想打赌，但相信我的老丹和小安肯定能把浣熊鬼追到树上。

雷尼又插话说："怎么了，害怕了吗？"

我感觉一股热血涌上来。我握紧右拳，正要朝雷尼的眼睛挥去，爷爷把手放在了我肩上。

我抬起头，爷爷朝我眨眨眼睛，嘴角挤出一丝怪异的笑，脖子上青筋起伏。这不禁让我想起从巢里掉下来的小鸟奄奄一息地躺在地上的样子。

爷爷望着我，把手伸进裤兜掏出皮夹，说："这个赌咱们打定了。"他转头对鲁宾说："我让他跟你打赌，但你可听好了，如果你们以捉浣熊为名把他带到田野里打一顿，我一定饶不了你们，我要将你们告上塔勒阔法庭，把你们送进监狱。这不是闹着玩的。"

鲁宾吓得退后几步，说："我们不会打他，这次只是打赌。"

爷爷递给我两张一元的纸币，对鲁宾说："你们先各自拿着自己的钱。如果你们俩输了，就要把钱交给比利。"随后他又望着我，说："孩子，如果你输了，把钱给他们。"

我点了点头，问鲁宾什么时候去打猎。

他想了一会儿，问："你知道老木桩吗？"

我又点了点头。

"明天晚上天一黑，咱们就在那儿会合。"

我告诉他没问题，但警告他不要带他的猎犬，因为老丹和小安不愿意和别的猎犬一起打猎。

他同意了。

我说我会带上斧头和提灯。

他们转身离开时，雷尼得意地笑着说："真是个笨蛋！"

我没有作声。

普理查德家的孩子离去后，爷爷看着我说："孩子，我从未要求过别人什么，但是这次我希望你能抓住那只浣熊鬼。"

我告诉他，只要浣熊鬼在河谷上留下一丁点踪迹，它就逃脱不了老丹和小安的追捕。

爷爷笑了。

"你快回家吧！天很晚了，妈妈正等着你回去，她要用玉米面呢！"爷爷说。

爷爷朝杂货店走去的时候咯咯地笑着。我心想，我的爷爷真是世界上最好的爷爷。

我把玉米面扛到老驴背上，往家走去。一路上，我不停地想着老丹、小安、浣熊鬼，以及普理查德家那两个又脏又丑的孩子。我决定不把这次打猎的事告诉爸妈，因为我知道，凡是牵扯到普理查德家的孩子的事，妈妈都不会同意我去做。

第二天傍晚，我早早地来到约定的地点，坐在一棵红橡树下等着。我把小安叫到身边，认真地跟它说话。我抚摸着它的背，翻看它的脚掌，告诉它我是多么爱它。

"小安，今晚你一定要好好表现。我希望你把浣熊鬼追到树上，它对爷爷和我意义重大。"

它似乎明白了我的意思，伸出舌头舔着我的手和脸。

我尝试着跟老丹说话，但它根本不听，而是不停地转悠，鼻子嗅来嗅去，无法理解为什么我们不去狩猎，而是在这儿傻傻地等。

天黑的时候，鲁宾和雷尼来到了约定的地点，两个人满脸不屑的表情。

"准备好了吗？"鲁宾问。

"准备好了。"我说,"走哪条路最好呢?"

"往下游寻找吧。"他说,"它从下游上来的时候,咱们肯定能跟它碰个正着。这样风向对咱们也有利。"

"这就是人们经常说起的浣熊猎犬吗?"雷尼问。

我点了点头。

"个头这么小,有什么好的?"他说。

我告诉他,小包炸药的威力可不小。

他问我带没带那两美元。

"带着呢!"我回答。

他想亲眼看看,我便从兜里掏出两美元。鲁宾不甘示弱,也把自己的钱拿了出来。

我们穿过一片荒芜许久的农田到达河谷的时候,天已经很黑了。我点着提灯,问谁愿意拿斧头。

"你的斧头当然是你拿着啊!"雷尼说。

我不想和他俩打口水仗,于是一手挑着提灯,一手拿起斧头。

雷尼开始跟我说爷爷是多么吝啬、多么狡猾。我回应说,今晚我既不是来受人刁难的,也不是来打架的,而是想一心一意捕捉浣熊鬼,如果发生任何不愉快的事,我会立马唤上猎犬回家。

鲁宾反应灵敏,雷尼却个性迟钝。鲁宾对雷尼说,如果他再不住口,便打烂他的鼻子。雷尼这才安静下来。

老丹首先汪汪地叫起来。深沉的叫声回荡在静谧的夜色里，很是悦耳。

在我们右侧的野藤丛里，小鸟叽叽喳喳地叫；一只大兔子以为大难来临，撒腿向下游跑去；大河对岸的浅滩上，正在觅食的野鸭嘎嘎地惊叫着飞走了。猎人的直觉告诉我猎物就在近旁。我大声叫嚷，催促两只猎犬朝前走。

小安也叫了起来。银铃般的声音与老丹的叫声应和着，奏起动人的旋律。我们站在旁边，静静地听着这美妙的音乐。

鲁宾说："如果它从雄鹿滩跑到了大河对岸，那一定是浣熊鬼，这条路它经常跑。"

我们站着静静地听。两只猎犬安静了几分钟。老丹比小安更擅长游泳，它游到对岸，汪汪地叫起来，小安紧紧地跟在后面。

鲁宾说："没错，就是它，就是那只浣熊鬼。"

它俩又游了回来。

我们静静地等着。

雷尼说："你快点把钱拿出来吧！"

我说，过不了多会儿，我就能把浣熊鬼的皮拿给他看。

听了我的话，雷尼哈哈大笑，笑声像从沙砾堆上踢飞一个空桶。

狡猾的老浣熊来来回回过了好几次河，也没能把猎犬甩掉。它从河谷跑出来，跃过栅栏，躲入了茂密的丛林，随后又一头扎进水里，游到河中央。它不像别的浣熊那样顺流而下，而是逆流而上，在河中央一片残枝败叶上停了下来。

小安发现了它。但小安将浣熊鬼赶下水时，老丹正在下游很远的地方搜寻，如果它能够及时赶到小安身边，浣熊鬼便黔驴技穷了。小安独自一个在水里又能做什么呢？浣熊鬼甩掉小安，往上游跑了。

老丹在对岸又跳又叫，我能感觉到它声音里那股无穷的力量。我们静静地听着，老丹一头扎进水里，声音响得仿佛一头老牛掉进了大河。

小安还在穷追不舍。从声音能够听出，它离浣熊鬼很近了。

老丹拼命朝小安跑去，边跑边用深沉的叫声告诉小安它来了。

我们小跑着跟在后面。忽然，小安的叫声停止了。

"等等！"我说，"我想小安已经把浣熊鬼追到了树上。咱们给它点时间，让它再确认一下吧。"

老丹对着树大叫。鲁宾走了过去。

"不好，我听不见小安的叫声了。"我惊叫道。

雷尼说："或许浣熊鬼已经把它吞到了肚子里。"

我狠狠地瞪了他一眼。

我们匆忙朝两只猎犬走去。老丹正对着一棵倒在河里的大枫树上的树洞号叫。

枫树的树梢已经沉入水中，树根被拧得歪歪斜斜、参差不齐，仿佛一个大托盘，勉强支撑着大树，没有让它全部陷进水里。水流冲来的杂物被树枝拦下，形成了一个小丘。

老丹使劲用爪子刨着，企图钻进那个树洞。我把它推开，举起提灯，低头看着黑乎乎的树洞。我断定，这洞一定通到水下，不然不会这么多水。

鲁宾望着我说："老浣熊不可能待在里面，不然它早就淹死了。"

我觉得鲁宾的判断有道理。

雷尼说："你还是认输吧。我已经说过，你那两只浣熊猎犬是不可能将浣熊鬼追到树上的。"

我说，抓捕行动还没结束呢。

小安从来不会随便冲着树叫嚷，我知道，如果不清楚浣熊的具体位置，它是不会叫的。它沿着河岸搜了个遍，没有发现浣熊的踪迹，便又游到了对岸。半个小时之后，它回到老丹身边，在枫树周围嗅来嗅去。

"咱们还是走吧。它们是找不到浣熊鬼的。"雷尼说。

"没错。"鲁宾说。

我说："猎犬不放弃的话，我也不会半途而废。"

"别耍赖了，把你的两美元给我。"鲁宾说。

我请求他再给猎犬几分钟时间。

"没用！"他说，"还没有哪只猎犬能把浣熊鬼撵到树上呢。"

这时我听到一声狗叫，转过身，我看见小安已经爬上了树桩，正慢慢地沿着湿滑的树皮向水面挪动。为了看得更清楚些，我高高地举起提灯。小安两腿叉开，爪子抠进树皮里，一步一步地往下挪。

"你最好把它抓回来。如果掉进河里，它会活活淹死的。"鲁宾说。

鲁宾并不了解可爱的小安。

忽然，小安的脚滑了一下。我看见它倒向一旁，但它并没有退缩，而是小心翼翼地继续往前爬。

鲁宾又说："最好让它赶快离开那儿。"

我没有理他，依然静静地观察、等待。

小安慢慢地滑进水里，游到小丘旁，伸着鼻子不停地嗅，还用爪子刨。为了找到消失的踪迹，它将小丘搜了个遍。

我看见它不时转动脑袋。我知道，它已经嗅到了浣熊的气味。一声低吼之后，它回到了树干上。

我对鲁宾说："它一定闻到了什么东西。"

小安小心翼翼地走在盘根错节的树枝中，这儿挖一下，那儿刨一下。期盼已久的时刻终于到来了。树枝下方跳出一只大浣熊，比我以前见过的浣熊都大。浣熊鬼出现了！

它从小安右侧窜出来，在倾斜的树梢上被小安逮住了。

可是在那堆乱麻般的树枝里，小安哪里是浣熊鬼的对手。浣熊鬼挣脱了小安，朝对岸游去。小安紧追而去。

老丹毫不犹豫，纵身跳下三米高的河岸，不见了踪影。我以为它被困在了水下的乱枝里，正要脱掉外衣跳到河里，却忽然看见它红色的脑袋冒出水面。它号叫着，撕咬着，从树枝里挣脱出来，向对岸游去。

浣熊鬼游到河中央时，又掉头向下游游去，小安依然穷追不舍。

我们沿着河岸向下游追赶。皎洁的月光下，两只猎犬的身影清晰可见。浣熊鬼身后约莫五米处跟着小安，二十米之后便是老丹。老丹拼命往前游。我叫喊着为它们助威。

鲁宾抓起一根木棍，说："它或许会从这儿上岸。"

浣熊鬼已经被追得无处可逃，我不知道它下一步会做什么。我们到达河岸下方的沙砾堆旁时，老浣熊做出了一个完全出乎我意料的举动。它从河水中央转过身，径直向我们游来。

鲁宾大声喊："过来啦！过来啦！"

它从浅水区挣扎着爬上沙砾堆，嗖地跑到了我们中间。鲁宾抡起木棍，没打着浣熊，却差点打在小安身上。浣熊埋头往河谷方向跑去，小安紧追其后。

小安的咆哮声和我们的呼喊声响成一片，却不见老丹的踪影。忽然，老丹跃身上岸，扑通把我撞倒在地。

我们跟在猎犬身后，在河谷中奔跑。我以为老浣熊会逃回枫树下，不想它却奔向了大河上游。

我匆匆往前跑的时候，回头望了一眼雷尼。他可能自打出生以来都没这么兴奋过，大喊大叫，一不留神被树枝绊倒了。

我呵呵地笑起来。

他瞥了我一眼，说："它们还没逮着浣熊鬼呢！"

老浣熊不停地在两岸间来回。后来它明白无法将老丹和小安甩开，便绕过河谷，跑向了一片荒芜的农田。

鲁宾看出了浣熊的动机，对雷尼说："它要去那棵树那儿。"

"什么树？"我问。

"你会明白的。"雷尼说，"它跑累以后，总会逃到那棵树上。浣熊鬼这个名字就是这么来的。它一会儿就会消失得无影无踪。"

"如果它不见了，我的猎犬也会和它一起消失。"我说。

雷尼笑了。

有一件事我必须承认，普理查德家的这两个孩子对浣熊鬼的习性了如指掌。我知道它跑不了一夜，但它的体力已经远远超过了我追捕过的其他浣熊。

"猎犬也快到了。"鲁宾说。

我听见老丹叫个不停。我静静地等待着小安的声音，却始终没有听到。我不知道这一次会是什么结果。

"它逃上去了！它逃到了那棵树上。"鲁宾大声说。

"走！过去看看。"我说。

"你最好把钱掏出来！"雷尼说。

这话他在河岸附近就已经说过一次了。

13

　　我走过去，发现那是一棵橡树。它算不上高大挺拔，恰恰相反，它又矮又粗，树梢被庞大的枝丫遮得密不透风，上面只留下几片稀疏的枯叶。

　　它独自生长在这片荒芜许久的地里，周围五十米之内都空空荡荡，没有别的树木。橡树左侧约莫四五米的地方有一通带刺的铁丝围成的篱笆。可以断定，这附近以前有一户人家。

　　鲁宾见我不停地四处张望，便开口说："很多年前，有印第安人在这儿居住，附近是他们耕的地。"

　　我一边围着橡树转悠，一边仰头寻找浣熊，可是树上漆黑一片，什么也看不到。

　　"看也没用，"鲁宾说，"它是不会藏在上面的。"

　　雷尼大声说："我们以前来过很多次。"

　　鲁宾让雷尼闭嘴："你的话太多了。"

雷尼发着牢骚："鲁宾，浣熊不在那棵树上，这你是知道的。让他交钱，咱们回家。我累得不行了。"

我对鲁宾说，我要爬到橡树上去。

"爬吧！爬吧！"他说，"这对你没什么好处。"

我轻而易举就爬到了树上，仔细地搜寻，不放过每一根树枝、任何一个暗处。我发现了一个树洞，但是里面没有浣熊。我从树上下来，命令老丹停止喊叫，随后四处寻找小安。

我看见小安在那道破篱笆附近，它一边跑动一边嗅闻。浣熊鬼耍了一个花招，但我想不明白到底是什么。小安没有冲着橡树大叫。如果浣熊真躲在橡树上，它不会不停地四处寻找。

老丹又开始忙起来。

两只猎犬在地里绕了一圈又一圈，沿着篱笆来回搜寻。

我知道，浣熊没躲在篱笆旁。无论它是不是鬼，都不会那么做的。我走到篱笆门前四处张望，随后坐在地上，抬头望着橡树。小安来到我跟前。

老丹放弃搜寻，回到橡树下，叫了几声。我大声呵斥着它。

鲁宾走过来瞥了我一眼，说："你放弃了？"

我默不作答。

小安又开始寻找浣熊的踪迹。老丹跑过去，与小安并肩作战。

雷尼说："我跟你说过，你是不可能把浣熊鬼追到树上的。为什么不交钱走人呢？"

我告诉他，我还没有放弃，两只猎犬依然在搜寻，等它们俩放弃了，我才会放弃。

鲁宾说："我们可不会在这儿守一夜。"

我回头望了望橡树，心想或许刚才忽略了什么，于是，我对鲁宾说，我要再次爬到树上。

他大笑着说："想爬就爬吧！没用的。你已经爬过一次了，难道还不满意吗？"

"是的，我还不满意。"我说，"我就是不相信世上有浣熊鬼。"

鲁宾说："我也不信，但事实已经摆在面前了。实话告诉你吧，这棵橡树我都不知道爬过多少次了，树上根本没有浣熊藏身的地方。"

雷尼大声说："我家的老猎犬不止一次把它追到这棵树上。也许你们俩都不相信世上有鬼，但是我信。你为什么不把钱交出来然后离开这里呢？"

"我再爬一次。"我说，"如果还是找不到它，我就交钱走人。"

我爬到树上，找了又找，望了又望，搜索了一番后，我知道浣熊鬼的确没藏在树上。从树上下来的时候，我发现两只猎犬已经放弃了搜索，这让我也放弃了最后的坚持。我知道，如果连它们都找不到浣熊鬼，我更是无能为力。

我从口袋里摸出两张一元的纸币走到鲁宾跟前。小安站在旁边。我把钱递过去，说："你赢了，赢得光明正大。"

鲁宾的脸上露出一丝窃喜，接过钱说："我敢打赌，这会让老爷爷很伤心的。"

我默不作答。

我弯下身，伸手抓住小安的脑袋，望着那双友好的眼睛，说道："小安，没关系，咱们还没放弃，咱们还会回来的。或许永远抓不到那只浣熊鬼，但咱们要使劲追它，一直追到它离开这片土地。"

小安舔着我的手，汪汪地叫起来。

一阵微风吹过。我抬头朝树上瞟了一眼，发现有些叶子在晃动。我对鲁宾说："看来要起风了,说不好会转成暴风,咱们最好赶紧回家。"

我正要转身的时候，看见小安摇晃着脑袋，拼命号叫，身上的肌肉绷得紧紧的。我望着它，它似乎从微风中闻到了什么。它挺直腿，高昂着头，朝橡树走去。快到橡树跟前时，它转过身，停下了脚步。我断定它已经嗅到了什么气味，这气味只在有风的时候才能捕捉到。

我回头望着鲁宾说："我还没输呢。"

又一阵风从河谷徐徐吹来，小安又捕捉到了那种气味。

它慢慢地走到篱笆旁的大门柱前，前爪趴在上面，汪汪地叫起来。这是我平生听到的最动听的声音。

老丹一时不明白小安为什么叫，只是静静地站着观望。过了一会儿，老丹也走到门柱边，前爪趴了上去，伸出鼻子不停地嗅。没过多久，它仰起头大声号叫，深沉的叫声把橡树上的枯叶震得不断摇晃。

我望着雷尼，大笑说："浣熊鬼就藏在那里。现在你觉得我的猎犬怎么样？"

他一时语塞。

我向门柱走去。那是一根粗大的黑槐木，许多年前被人放在那儿支撑大门。我回头望着橡树，浣熊鬼刚才玩的把戏终于明了了：一根又粗又长的橡树枝伸出来，高高地悬在门柱上，浣熊就是从枝头跳了下来。我心里明白，我们追逐的不是一只普通的浣熊，它真的是浣熊鬼。

我对鲁宾说："扶我一把！我上去看看门柱是不是空的。"

我折断一根长曼陀罗草，登上鲁宾的肩膀，他把我扶了起来。门柱是空心的，我用草棍往里面捅，捅到了一团柔软的东西。我猛地用力戳了一下。

它出来啦，一下子撞在了我脸上。我失去平衡，一头栽到地上。

浣熊鬼蹲在门柱上，纵身跃下。它刚刚落地，两只猎犬便扑了上去。厮杀开始了……

我心里明白，不在深水里，浣熊鬼没有一丝获胜的希望。然而，它在地面上也不轻易放弃。为了保住性命，它奋力厮杀。这是一幅多么精彩的画面啊！它挣扎，拼杀，朝橡树退去。它爬到距离地面两米高时，老丹高高跃起，扯住它，将它拽回了地面。

厮杀又在树根附近展开。浣熊鬼又想逃跑。这次，它成功地爬到了树上，消失在橡树黝黑的枝丫里。老丹气得两眼直冒火星，还从没有哪只浣熊从它眼皮底下逃脱过。

我对鲁宾说，我想爬到树上，将它赶下来。我正往上爬的时候，看见小安跑到了树的一侧，老丹跑到了另一侧。浣熊被追上树后，它俩总会分头行动，这样一来，无论浣熊从哪一侧跳下，都会遭到围追堵截。

我爬到一半时，发现浣熊鬼远远地躲在一根树枝上。我慢慢地朝它移动，两只猎犬停止了号叫。耳边又传来了熟悉的声音，听起来仿佛婴儿的哭泣。浣熊知道自己到了穷途末路时，就会发出这种叫声。这是我最不愿意听到的，但在猎人与猎物的游戏中时常出现这种声音。

我坐在树枝上看着那只老家伙。它又叫了起来。悲悯之情顿时涌上我的心头，我不想杀它了。

我低头大声对鲁宾说，我不想杀死浣熊鬼。

他嚷嚷着："你疯了吗？"

我告诉他我没有疯，只是不想杀它而已。

我从树上爬了下来。

鲁宾怒气冲冲地质问："你这是怎么了？"

"没什么！"我说，"我只是没有勇气杀死它。"

我说，河谷中生活着很多浣熊，为什么非要杀它呢？它在这儿已经生活了很久，不知有多少猎人曾经听到自己的猎犬冲着它的踪迹疯狂地号叫。

雷尼说："他就是个胆小鬼！没什么好说的了。"

我并不喜欢这种称呼，但由于不想争论，也就没说什么。

鲁宾说："我去把它赶下来。"

我说："我是不会让我的猎犬捕杀它的。"

鲁宾瞪着我说："我去把浣熊追下来，如果你敢拦你的猎犬，我非打得你满地找牙不可。"

"鲁宾，你尽管去干！"雷尼说。

"我知道！我知道！"鲁宾说。

鲁宾正要爬树的时候，老丹叫了起来。它两眼注视着黑乎乎的远方。有什么东西跑来了。

"那是什么？"我问。

"我哪儿知道！"鲁宾说，"我没听过这种声音。"

"是鬼！"雷尼大声嚷道，"咱们快跑吧！"

一只动物从黑暗中冒了出来。它走得很慢，步子也很怪异，似乎是在横着走，吓得我头发都竖了起来。

它一步步逼近时，雷尼说："啊，是老猎犬。它是怎么挣脱的呢？"

原来是一只高大的蓝斑猎犬。它脖子上拖着一条长长的绳子，绳子缠在一截碗口粗细的枯木上。猎犬拖着枯木走路，这才让它看起来如此奇怪。明白过来后，我大大地松了口气。

这只猎犬与普理查德家的孩子一样又赖又丑。它个头高大，身上的肌肉又厚又结实。它大声号叫着，背上的毛根根直立，挺身龇牙站在老丹旁边。

我对雷尼说："你最好抓住自己的猎犬，不然的话将会有一场恶仗。"

他说："你最好抓住你的猎犬。我不担心我家的猎犬，它能管好自己。"

我没再说话。

"现在无论你杀不杀浣熊鬼，结果都没什么两样，老猎犬能对付得了。"鲁宾说。

我心里清楚，浣熊鬼的死活已不在我的掌控之下，但我还是不愿眼睁睁地看着它死去。我对鲁宾说："把两美元还给我我就回家。我阻止不了你杀它，但没有必要留下来做个看客。"

"鲁宾，钱不能给他。"雷尼说，"他又没杀死浣熊鬼。"

"没错，"鲁宾对我说，"你没有杀死它。现在即使你想杀，我也不会让你动手的！"

我说："我的猎犬将它追到了树上，我赢了。咱们打过赌的。"

"不，不对！"鲁宾说，"你说过，你会杀了它。"

"那是根本没有的事。"我说，"我已经兑现了承诺。"

鲁宾走到我跟前，说："我是不会把钱给你的，你赢得不公平。现在你想怎么办？"

我看着他那双卑鄙的眼睛，刚想开口说话，却又咽了下去。

他见我犹豫不决，说："最好领着你的猎犬离开这里，晚了就会挨鞭子。"

雷尼大声说："鲁宾，打烂他的鼻子！"

我吓坏了。鲁宾体格很强壮，我不是他的对手。我刚要转身离开时，忽然记起爷爷说过的话。

"你最好想想我爷爷是怎么说的。"我警告鲁宾，"他说到做到。"

鲁宾没有打我，他只是一把将我抓起来，使尽浑身的力气把我推倒在地。我摔在地上，他按住我的手。我不敢反击，吓得浑身哆嗦。

"如果你敢告诉你爷爷一个字，我就把你砍成两截。"鲁宾说。

我看着他那张丑陋的脸，知道他这个人说到做到。我告诉他，让我起来我就回家，而且不会向任何人提起这件事。

"别让他起来，鲁宾。"雷尼说，"使劲揍他！使劲揍他！要不你抓着他，我揍他。"

忽然，我听到了猎犬的叫声，不远处一团混乱。蓝斑猎犬最终还是与老丹撕咬了起来。它凭借身体的重量，将老丹猛地推倒在地。

我对鲁宾说："快让我起来，咱们一起制止它们。"

他哈哈大笑："趁着我的猎犬咬你的小猎犬，我也要给你点颜色看看。"说完，他拿掉我的帽子，攥在手里往我脸上抽。

我听见雷尼大声叫嚷："鲁宾，它们会咬死咱家的猎犬的！"

鲁宾一听，赶紧从我身上跳开。

我挣扎着爬起来，抬头望向猎犬。眼前的景象让我兴奋不已：小安在与老丹并肩作战。

我知道两只小猎犬特别亲密，什么事都一起做，但眼前的一幕还是令我十分意外。母狗与其他猎犬撕咬的情形极为罕见，但小安却做到了。

小安的利齿已经紧紧地扣在了老猎犬的喉咙上。它会死死地咬住，丝毫不放松，一直到对手断气。

老丹则死命地咬住对方松软的腹部。它那牙齿又长又尖，杀伤力可想而知。

雷尼叫嚷着："鲁宾，它会被咬死的！它会被咬死的！赶快去帮一把。"

鲁宾跃到旁边，从地上抓起斧头，大声说："我非杀了这两只该死的家伙不可！"

我尖叫着向两只猎犬跑去。鲁宾离我大约三米远，他弓着腰，把斧头握在胸前冲了过去。

我尖叫着："鲁宾，不要！不要！"

就在这时，一根小木棍把鲁宾绊倒了。我匆匆从他旁边跑过。

我发现老猎犬已经奄奄一息。它早已停止了反抗，无力地瘫在地上。我一把攥住老丹的项圈，将它拽了过来。小安却怎么都不放开对手的喉咙，上下两排牙齿紧紧地扣在一起。

我松开老丹，骑在小安背上，用手使劲掰它的牙齿。老丹却又冲了回去。我抓住它的项圈，将它俩拉到一边。

老猎犬躺在地上一动不动。我以为它已经断气了，但它的身体又动了几下。

我攥着两只猎犬的项圈，回头望去。鲁宾仍然躺在地上，身体弯成 U 型。

我大声问："雷尼，出什么事了？"

他没有回答，只是呆呆地站在那儿，低头望着鲁宾。

我又问了一句，他依然没有反应。我不知如何是好。

我不敢松开猎犬，怕它们又冲到老猎犬那儿。

我又叫了一声雷尼，让他过来帮忙。但他既没有挪步，也没有说话。

我环顾四周，视线落在带刺的铁篱笆上。我把猎犬拉过去，一只手握着它们的项圈，另一只手使劲扯断一根铁丝。然后我用铁丝绑住猎犬的项圈。它俩还往老猎犬的方向挣扎，却被铁丝死死地困住了。

我走到雷尼身边，问道："发生什么事了？"

他还是不发一言。

我这才发现雷尼的样子很奇怪。他张大嘴巴，两眼圆瞪，面色苍白。我手刚搭到他肩上，他便跳起来，尖叫着跑开了，身影消失在漆黑的夜色中。

我低头看鲁宾时，明白了雷尼为何目瞪口呆。鲁宾绊倒的时候摔在了斧头上，锋利的斧刃有一半扎进了他的肚子。

这可怕的场景让我忍不住转过身，闭上双眼。我的胃抽搐着绞成一团，一股恶心的感觉席卷全身。我不敢再看他一眼。

我听见鲁宾在小声嘟囔，便转过身，跪在他旁边。开始我听不清他到底在说什么，靠近一些后，我才终于听明白。他用微弱的声音说："把——斧——头——取——出——来。"

我犹豫起来。

他祈求道："求你了，把斧头取出来吧。"

我看见他双手抱着斧头，似乎已经在试着将它从肚子上拔出来。

我是如何鼓起勇气拔出斧头的，成了永远的谜。我只记得自己的手贴着他的手，一用力，斧头便被拔了出来。温热的鲜血喷出来，洒在我的手上，恶心的感觉又涌上来。我挣扎着站起身，往后退了几步。

鲁宾动了一下，我猜测他想站起来。他用手支撑着，两眼睁得又大又圆，直直地望着我。最后他放弃了努力，看着我，嘴巴微张，似乎要说什么，却始终没有说出口。取而代之的是一个鲜红的大血泡慢慢地从嘴里喷出来。他倒在了地上。我知道，他已经断气了。

我吓得不知如何是好，一遍又一遍大声呼唤着雷尼，却没人回应。叫声在静谧的黑夜回荡。我的身体不停地打着冷战。

在这种情况下，想起妈妈是再自然不过的事。我想到了妈妈，我想回家。

我看了看自己的猎犬，又瞥了一眼老猎犬，它在试着站起来。幸运的是，它没有死。

我捡起提灯，把斧头留在了原地。即使以后再也见不到它，我也毫不在乎。

两只猎犬是不能放开的，所以我折了很长一根铁丝，牵着它们回家。从橡树下经过时，我抬头望了一眼黑乎乎的树枝。我看到了浣熊鬼那双明亮的眼睛。这个可怕的夜晚发生的一切都是因为它，但它没有过错。

它默默地见证了这一切。我身后静静地躺着一个孩子的尸体，旁边是一只遍体鳞伤的老猎犬。发生了这么多事，我却并不憎恨浣熊鬼；它活下来，我也没有任何遗憾。

回到家，我叫醒了爸爸妈妈。我从磨坊开始说起，把发生的一切都告诉了他们，没有漏掉任何细节。事情的经过还没有讲完，妈妈就失声痛哭起来。爸爸一言不发，只是坐着聆听。我讲完后，他陷入了沉思，直直地注视着地板。静静的夜里，我只听见妈妈的哽咽声。我走上前，她伸开胳膊抱住我，说："可怜的孩子！"

爸爸站起来，取过外套和帽子。妈妈问他要去哪儿。

"我去那儿看看。"他说，"得先去叫爷爷，方圆百里只有他有资格动尸体。"

他望着我说："你赶快到河对岸通知老罗瑞。再往上走几里，通知布福德全家。大家在爷爷的杂货店会合吧。"

我急忙出门，传送着让人悲痛的消息。

第二天，天空飘起了冷飕飕的小雨。我被困在屋内，坐立不安地从一个房间走到另一个房间，不明白为什么爸爸还没从普理查德家回来。我坐在窗户旁边，望着大路。

妈妈察觉到了我的心情，说："比利，不要担心，过一会儿爸爸就回来了。处理这类事情是要花时间的。"

"我知道。"我说，"但您不觉得他现在该回来了吗？"

时间过得真慢。下午晚些时候，爸爸回来了。家里的那头毛驴踢踏踢踏走进院子，每迈一步，脚下便激起小小的水花。

爸爸弓着腰骑在驴背上，两手放在打满补丁的呢子外套的兜里。他浑身湿透了，一脸的饥饿和困倦。我心里腾起一股愧疚感。

"爸爸回来啦！"我一边嚷嚷着告诉妈妈，一边拿起外套和帽子，跑到大门口迎接。

我本想开口询问普理查德家的情况，但看到爸爸满脸的倦色和湿透的衣服，便改口说："爸爸，您快到火炉边烤烤吧。我去给毛驴喂草……"

"那太好了。"他说。

我一心想知道事情的处理结果，便急匆匆地给驴喂了草。

我走进前厅时，爸爸已经换了衣服，正站在壁炉前喝咖啡。

"孩子，这天气不怎么好啊。"爸爸说。

"没错，爸爸。鲁宾怎么样了？"我问。

"我们在老橡树下找到了鲁宾的尸体。"爸爸说，"在返回的路上，我们遇到了他的家人。他们刚出门不久。事实上，他们已经开始四处寻找。雷尼回到家的时候呆呆的，家里人不明白他在说什么，但是都隐约觉得发生了不好的事。我费了很大的力气才将整个经过说清楚。这件事对老普理查德的打击特别大。我感到很难过。"

妈妈问普理查德家的女人反应如何。

爸爸说，因为没见到普理查德家的女人，所以不知道。他还说，那是他见过的最奇怪的一群人，他们竟然没流一滴眼泪。所有去帮忙的人都被安排在了牛棚旁边，没人邀请大家进屋喝杯咖啡之类的。

妈妈问什么时候举行葬礼。

"他们家有自己的墓地。"爸爸说，"老普理查德说他们可以处理所有的事情，不想麻烦大家。他说，大家离得都远，不方便去，天气又不怎么好。"

妈妈说："我真同情普理查德夫人。希望他们待人能更好些。"

我问："雷尼怎么样了？"

爸爸说："按照老普理查德的说法，雷尼受到了惊吓，似乎还没有恢复过来。家人正合计着带他去城里检查呢。"

爸爸接着严肃地说："比利，我希望你不要再去普理查德家附近了。咱们这儿地方大得很，没必要去那儿打猎。"

我说："爸爸，我知道了。"

鲁宾的死让我很难过。我不再想着打猎,晚上噩梦不断,我无法忘记他临死前望着我的眼神，我每天都恍恍惚惚地逛来逛去，总想做点事，却又不知道做什么。

我把感受告诉妈妈。她说："比利，我的想法和你一样，想做些事弥补，但又想不出该做什么。奥沙克山区有不少普理查德那样的家族。他们生活在自己的小世界里，独来独往，他们不喜欢外人打扰。"

我告诉妈妈，打猎时拿斧头太危险了，我决定多猎几张浣熊皮，买把好枪。唉！真不该向妈妈提买枪的事，她听了十分紧张。

"你不能买枪，"妈妈说，"我绝对不会同意的。以前我就告诉过你，不到二十一岁，你不能带枪，这不是闹着玩的。你晚上花那么多时间去山里打猎，又是跑，又是跳，我已经很担心了。要是你身上带着枪，我更受不了了。孩子，你绝对不能买枪，还是忘了吧！"

"好吧，妈妈。"我闷闷不乐地回到了房间。

我躺在床上，脑子里依然思索着挽救的办法。这时，我看见墙上挂着一束花，这正是我需要的。

前些时候，妹妹们采了一些鲜花，她们拿了一小束给我装饰卧室。我起身取下它。花褪了色，花瓣已经干枯，但看上去依旧美丽。我吹掉上面的灰尘，整理整理花瓣，把它揣在怀里，离开了家。

我还没走几步就听见两只猎犬跟了过来。我告诉它们，我不是出去打猎，而是去处理些小事，如果它们乖乖地回家，我当晚就带它们一起去打猎。可是，这番话有什么用呢？它们理解不了。

我绕过一排排房屋，来到普理查德家附近。下方是一片墓地，可以看见一锹锹的新土。我悄悄地沿着山坡往下走。

老丹踩掉了一块石头。石块越往下滚声音越大，最后撞在了橡树上，发出砰的一声响。我屏住呼吸，静静地望着普理查德家。没有人走出来。

我瞪了老丹一眼。它摇晃着尾巴蹲坐在地上，后腿挠着身上的跳蚤，落叶被震得哗哗响。我静静地等着，一直等老丹停止挠痒才慢慢地走下山坡。

来到山脚后，还要穿越一大片空地，那里的杂草十分茂盛。我趴在地上，缓慢地朝鲁宾的墓爬去，心脏剧烈地跳动。我把花放在墓旁，随后转过身快速向丛林溜去。

刚爬到山顶，我脚下一滑，不小心踢到了一块大石头。它顺着山坡滚下去。这一次，老猎犬听到了声响。它吠叫着冲出家门。门砰的一声开了，普理查德夫人走到了大门口，环顾四周。

猎犬跑到墓地旁，一边嗅来嗅去，一边大叫。普理查德夫人跟着来到墓地，看到鲁宾的墓旁摆着一束花，便捡起来看，同时大声呵斥猎犬。她随后抬头望了望山坡。我心里明白，山坡上树林茂密，她是看不见我的，但我还是感到不自在。

她弯下腰把花放在墓旁，又朝山坡望了一眼，叫上猎犬转身回家了。我看见她走到半路的时候，揽起长长的棉衫，擦拭着眼睛。

从鲁宾的墓地回来，我的心情好多了，生活再次阳光照耀，那种难受的感觉慢慢消失。

回家的路上，两只猎犬一直冲在前头。它们会时而停下来，转身望着我。我总是报以微笑，因为我知道它们想要做什么。我停下脚步，轻轻地拍着它们说："吃完饭，咱们就出去打猎。"

14

几天后，哈特菲尔德家的孩子从磨坊回来，路过我家门口，告诉我爷爷找我。爷爷向来很少派人捎口信，这次是什么事呢？我猜测，或许爷爷是想跟我聊聊鲁宾·普理查德的死吧。我平时很喜欢跟爷爷聊天，但我不愿意再谈起鲁宾的事。每次想到他，那可怕的一幕都会在我脑海中浮现。

我几乎整个晚上都没合眼，第二天一大早便动身去杂货店。我一边走一边思索，忽然，小安从我身旁跑了过去，快乐得仿佛一只小松鼠。它不停地摇头摆尾，还冲我叫了几声。我扭头看看身后，老丹也匆匆跑来了。我转身时它停下了脚步。小安则径直走到我跟前。我大声呵斥，让它们明白这次不是去打猎，而是去杂货店找爷爷，可它们还是一副出猎的模样。

我捡起一根小木棍，朝自己腿上打了一下，压低嗓门说：

"你们要是不回家的话，我非打扁你们不可。"

这深深地伤了它们的心。它们夹着尾巴往回走去，但每走几步便停下来，回头望望我。看到眼前这一幕，我心软了，感觉全身都隐隐作痛。

"好吧！好吧！"我说，"你们可以跟着去。但是，丹，如果你和杂货店周围的狗咬架，一年之内我都不会带你出去打猎，你可要记好了。"但我心里明白，自己不会这么做的。

它俩活蹦乱跳地跑回来。小安天真地撒娇，轻轻地咬着老丹红色的长尾巴。老丹却没有任何反应。小安便跳过去，冲它汪汪地叫。老丹看都没看小安一眼。小安又冲到前面，趴在路中央，俨然一副猫准备起跳的架势。老丹走到小安面前，停下脚步，龇着牙挑衅。我大笑起来，心里明白，老丹不会咬我，也不会咬小安。

为了让老丹跟自己玩，小安费尽了心思，却都不起作用。最后它只好伸着鼻子在灌木丛边嗅来嗅去。

我正往杂货店门口走，爷爷站在牛棚旁边叫我。他迫不及待地想知道鲁宾出事的详细经过，我便将事情的来龙去脉告诉了他，他静静地听着。

爷爷听完，一声不响地站在那儿，低头望着地面，眉头紧锁，眼里流露出难过的神色。他一句话都没说令我不安起来。过了一会儿，他抬起头望着我。看到爷爷那张慈祥的脸，我的心都碎了。他脸上的皱纹似乎比往日多了许多，灰白的头发有些凌乱，看起来几乎全白了。我发现，他抚摸着下巴上又短又硬的胡楂时，那只布满皱纹的手在不停地颤抖。

然后他用颤抖低沉的嗓音说："比利，听了你的话，我很愧疚，我真的很愧疚。我觉得这一切都像是我的错。"

"爷爷，不对，"我说，"这不是您的错。大家都没有错。事情就这么发生了，让人无能为力。"

"我知道，"爷爷说，"但是，如果我不和鲁宾打赌，什么事情都不会发生。人老了就变得糊涂。我真不应该轻易受那些孩子的影响。"

"爷爷，"我说，"鲁宾和雷尼能影响任何人的情绪，躲是躲不掉的。谁接近他俩，谁的情绪就会受到影响。"

"没错，我知道。"他说，"但我却像个傻瓜。比利，我不知道事情会变成这个样子，不然的话也不会跟他们打赌了。"

我不想继续谈论这个话题，便说道："爷爷，咱们赢得光明正大，但他们还是抢走了我的钱。"

我看见爷爷的眼睛又有了光彩，这让我感觉舒服多了，他又是我喜欢的那个爷爷了。

"那好吧！"他说，"咱们就忘了这件事吧。"

他朝前迈了一步，手搭在我的肩膀上，严肃地说："咱们不会再讨论这件事了。我希望你把它忘了，就当什么都没发生过，因为这不是你的错。不过我知道，一个孩子想彻底忘记这样的事谈何容易。今后你总会时不时地回想起来，但尽量不要受它的影响，也不要内疚。内疚对孩子来说不是什么好事。"

我点了点头。

爷爷说："好啦，我叫你来不是想找你谈这个，我有一件事要告诉你。我想，它能帮助咱们忘记许多不愉快。"

爷爷目光闪烁，我想起了爸爸曾经说过的话："乡下的老人总能编出好多故事。"

我不在意爷爷到底能编出多少故事，无论如何他都是世上最好的爷爷。

"有什么好消息？"我好奇地问。

"到店里你就知道了。"他说。

往杂货店走去时，我听见爷爷小声说："但愿这次别像捕捉浣熊鬼那样。"

一回到店里，爷爷就拿出一份报纸。他在柜台上展开报纸，指着它大声说："快看！"

我看见报纸上用黑色的大字写着：捕浣熊比赛即将举行。我睁大眼睛，又读了一遍。

爷爷呵呵地笑起来。

"哇！好家伙！真是一条好消息。捕浣熊比赛！"我说，"他们去哪儿捉浣熊呢？再说了，比赛和咱们有什么关系？"

爷爷很兴奋。他摘下眼镜，掏出破旧的红手帕，对着镜片哈了几口气，拿手帕擦拭了几下。然后他哼哼两声，退后几步，大叫起来："和咱们有什么关系？这事和咱们关系大了！我这辈子都希望能去参加捕浣熊比赛，我还梦到过呢。现在机会来啦！孩子，这下我可以去了。"他顿了顿，"如果你同意，这次就去定了。"

我听得一头雾水。"我同意？爷爷，您知道，我肯定不反对。但是，这事跟我有什么关系啊？"

爷爷激动得满脸通红。

他说："比利，一切都安排好了。咱们可以让老丹和小安参加这次比赛。"

听了爷爷的话，我惊讶得说不出一句话。开始时我还顾虑重重，随后心头却荡起一股美妙的感觉。我感觉到了一丝丝兴奋，呼吸也急促起来，似乎正在长跑。我张了几次口，才发出沙哑的声音："所有的狗都可以参加比赛吗？"

爷爷几乎跳了起来，"孩子，当然不是，并不是随便哪只狗都可以参加，参加比赛的狗必须是最棒的。"

他一边说一边比画，然后指着板凳说："坐下，我把事情的原委都告诉你。"

爷爷平静了一些，认真地说："比利，要想让猎犬参加比赛，需要做很多事。这几个月来，我一直在准备，信写了一封又一封，城里的几个好朋友也在帮忙。你知道，我有老丹和小安捕捉浣熊的所有记录，它们的成绩可是最棒的。报名费已经付了，一切都准备好了，只等着去参赛啦。"

"报名费？多少钱呢？"我问。

"这你就别管了。"他说，"怎么样，你想试试吗？据我所知，赢得比赛的猎犬可以获得一个金奖杯，说不定金奖杯就是咱们的呢！咱们又不比别人差。"

爷爷的这番话让我兴奋不已，我甚至开始觉得，我的猎犬是世界上最好的。

我不禁大声说："爷爷，没问题。您就告诉我该怎么做吧！"

爷爷跳起来，伸手拍了一下柜台："不愧是我的好孙子！这才是浣熊猎人该说的话。"

接着他问："两只小猎犬也跟你一起来了吧？"

"没错，它们也来了。"我说，"都在门外呢！"

"哦！快让它们进屋来。"他说，"我准备了些吃的。"

我唤着它们。小安畏缩地走了进来。老丹走到门口，停下了脚步。我想着法子哄它过来，却没什么效果。我们从来不让它们进屋，所以它们不敢。

爷爷走到一大块奶酪旁，切下拳头大小的两块，走到门前对老丹说："怎么了，伙计，不敢进来吗？呵呵，这说明你是一只好猎犬。"

他递给老丹一块奶酪。老丹大口大口地吞吃起来，我听见它喉咙里发出喳喳的声响。

爷爷把小安抱起来放在柜台上，一边把奶酪割成小片喂小安，一边呵呵地笑。

"孩子，"他说，"咱们的浣熊猎犬是奥沙克山区最好的，一定能把金奖杯抱回家。"

即便爷爷不这么说，我也已经觉得奖杯是属于我的，我只需要跑过去，将它抱回来。

爷爷喂完小安后说："现在我要合计合计时间。大赛二十三号开始。今天是……十七号。"他掐着手指慢慢地数，"从今天算起，离比赛还有六天时间。"他兴奋地说。

我点了点头。

"咱们二十二号一大早就出发。"他说，"等咱们搭好帐篷，还能有足够的时间观看开幕式呢！"

"咱们怎么去呢？"我问。

"坐我的轻便马车去吧！"他说，"我二十一号晚上就把帐篷等必备的东西装好。"

"爷爷，我该带什么呢？"我问。

"除了两只小猎犬，你什么都不用带。"他说，"你早点过来，让它们在这儿休息一会儿，这样到了赛场上才会有良好的状态。"

我看着爷爷额头上的一道道皱纹，他眉头紧锁，又陷入了沉思。

"你觉得你爸爸会去吗？"他问，"现在已经是秋末了，应该不忙了吧？"

"现在家里不忙，庄稼都收割完了。"我说，"爸爸最近在清理几片洼地，不过快要完工了。"

"哦！你回去问问他。"爷爷说，"告诉你爸爸，我想让他一起去。"

"好，我会的！"我说，"但是，爷爷，我爸这个人您是了解的，农活总是放在第一位。"

"我知道，"爷爷说，"不过，你还是问问吧，把我刚才的话转告给他。天色不早了，你也该回家了。"

我快要走到门口时，爷爷忽然说："等一会儿！"

他走到糖果柜台前，装了一袋橡皮糖。

他把袋子递给我时，脸上带着微笑，眼里闪烁着得意的光芒，"给妹妹们留几块！"

我从爷爷手里接过袋子，唤上猎犬，飞跑出门。

一路上，我高兴得像在腾云驾雾，蹦啊，跳啊，哼着小曲，大声告诉枫树和瞪着大眼睛的松鼠：我太幸福啦！

小安觉察到了我的快乐，也又蹦又跳，缠住我要糖吃。我高兴还来不及，哪里会拒绝呢？

老丹也感觉到了快乐的气氛，长尾巴不停地摇晃，还抬起头叫了几声。我静静地站着，聆听这浑厚的声音。声音似乎被茂密的树林吞没了，不大会儿又绕过高大的枫树，穿越一片片丛林，在清澈的水面上悠闲地荡漾，伴随着弯弯的水流，听起来仿佛隆隆的鼓声。

随着回声慢慢地消失在远处，河谷又恢复了宁静。松鼠停止了欢叫，鸟儿停止了歌唱。我静静地站着，周围没有一丝声响。万物似乎都停止了呼吸。我抬起头，望着高耸入云的大树，树叶纹丝不动。这份静谧仿佛孩子们在等待即将炸开的爆竹，紧张而又令人期待。

我看了看老丹。它静静地站着，右前爪微微抬起，两只长长的耳朵像扇子一样张开，似乎在听什么，又似乎在向谁发出挑战。

红尾鹰哧哧的尖叫声打破了周围的宁静。这似乎是一个暗号，刹那间，快乐的氛围又回来了。

啄木鸟在高大的槭树上嘟嘟啄了起来，翠鸟呖呖地叫，蓝松鸦啁啾不停，一切都完美地融汇在一起。一只红色松鼠趴在朴树上，随着鸟鸣的节拍不时晃动尾巴。

不论是耳朵听到的，还是眼睛看到的，对我来说都不陌生，但我依然不知疲倦地听，毫不厌烦地看。这些都是上帝赐予的礼物，谁会不喜爱呢？

我一路上又蹦又跳，对我来说，过去的十多年虽然短暂，但要回想起所有的事情并不容易。我养着两只可爱的猎犬，它俩循着浣熊的踪迹并肩作战；我有爱我的爸爸妈妈，以及三个小妹妹；我有全世界最好的爷爷。最让人高兴的是，我要去参加捕浣熊比赛了。此时心头荡漾着幸福，是情理之中的事。难道我不是世上最幸运的孩子吗？

我到家的时候，家里人正要坐下来吃晚饭。三个妹妹推开椅子跑过来要糖吃。我告诉她们，每个人都有份，谁也不多，谁也不少。大妹妹问："哥哥，你还吃吗？"

"我不吃啦！"我说，"这些糖都是给你们的。"当然，我不会告诉她们我裤兜里还藏着四块呢！

她们水汪汪的眼睛里流露出谢意。

想骗过妈妈谈何容易。妈妈看了我一眼，将我叫到她跟前，撩起我的头发，吻着我的额头说："如果你的眼睛再睁大一点，眼珠就要蹦出来了。快跟妈妈说说，为什么这么高兴呢？"

我还没有开口，爸爸就笑着说："你和爷爷在折腾什么啊？不会又要搞什么鬼吧？"

我来不及吃饭，赶紧给大家讲捕浣熊大赛的事：为了让我的猎犬进入比赛，爷爷多么辛苦地工作，又帮我垫付了报名费……

我一口气讲完之后，看着爸爸说："咱们坐爷爷的马车去。他希望您跟我们一起去！"

我静静地等待着爸爸的回答。爸爸坐在桌前，呷着咖啡，两眼注视着远处，一句话都不说。我知道，他在思考。

屋里很安静，我听见自己的心脏在怦怦地跳动。

我说："爸爸，求求您了，您去吧！一定很好玩的。获胜的猎犬还能赢一个金奖杯呢！"

他伸手挠着脑袋，说："比利，我很想去，但是家里这么多农活要干……"

一个念头从我脑海里闪现：爸爸不会去了。这时妈妈说话了。

"农活？"她说，"你说什么呀？农活基本上都干完了。我真不明白什么事这么急，你就不能往后推几天吗？为什么不一块儿去呢？你好长时间没出过门了。"

"不仅仅是农活，"爸爸说，"我还惦记你和三个孩子。"

"我和三个孩子没什么好挂念的。"妈妈说，"我们不会有事的。再说了，过几个月我才需要照顾呢。"

妈妈说这番话的时候，我恍然大悟。这段时间以来，我一直忙着捕浣熊，丝毫没有察觉妈妈的肚子鼓了起来。家里又要添新生命啦。我不禁为自己的大意而内疚。我走到妈妈身边，抱着她亲了一下。

爸爸大声说："那肯定是一场隆重的比赛。前几天，我在爷爷的店里听见有人谈起过。"

"爷爷说，各地的浣熊猎人都会聚集到那儿，"我说，"优秀的浣熊猎犬都会去呢。"

"你觉得有没有可能赢回奖杯呢？"爸爸问。

我刚要回答，小妹妹大声说："那些猎犬是比不过老丹和小安的，我敢打赌！"

　　看到小妹妹一脸严肃的样子，大家都笑了。我本想亲她一下，但她脸上沾满了糖果、面包屑和黏糊糊的糖水。

　　我对爸爸说，我不知道参赛的猎犬都是什么样的，但有一件事容不得半点怀疑——如果要打败老丹和小安，它们必须付出比以往更大的努力。

　　我说完之后，屋里安静了下来，大家都望着爸爸，等待他的回答。

　　爸爸脸上露出了笑容。他站起来说："那好吧！我去！哈哈，咱们要把奖杯拿回家。"

　　妹妹们拍着手，高兴地叫喊起来。妈妈的脸上绽放出满意的微笑。

　　那一刻，世上没有哪个孩子比我更幸福。泪水滚下我的脸颊，妈妈用围裙帮我擦去了。

　　大家都沉浸在兴奋之中时，小妹妹一声不响地从椅子上爬下来。我们都看着她。

　　她小手里攥着汤勺，绕了餐桌一周来到我身旁，低头望着地板，害羞地问："你能把金奖杯给我吗？"

　　我伸手摸摸她黏糊糊的下巴，望着她水汪汪的眼睛，笑了起来："乖，如果我赢了金奖杯，除了你谁也不给。"

　　我发了誓之后，小妹妹才放心。

她回到自己的座位上，扬扬得意地望着姐姐们。"你们就等着瞧吧，"她说，"奖杯归我啦！除了我，谁也不能要。我会把鸡蛋藏在里面。"

"傻瓜！你不能把鸡蛋放在奖杯里。"大妹妹说，"奖杯是观赏用的。"

那天晚上，我梦见了金奖杯，梦见了两只浣熊猎犬和水桶般大小的浣熊。我还醒来一次，呼唤着老丹和小安。

接下来的几天里，我一直忙忙碌碌。因为我和爸爸要离开家一段时间，我尽己所能帮妈妈把生活所需准备妥当。我劈了一大堆柴火堆在厨房门口。我跑到山下砍了几棵树，围成一处草料间，在里面放满了干草，这样妈妈就不用踩着梯子爬到阁楼上去拿草料了。

爸爸也嘱咐妹妹们，我们不在家的时候，要对妈妈好，还要做她的帮手。

出发的前一天，我坐立不安。那一天漫长得似乎没有尽头。我花了几个小时与老丹和小安谈心，把大赛的情况都告诉了它们，让它们知道大赛有多么重要。

"如果你们赢不了金奖杯，"我说，"我也不会生气，因为我知道你们已经尽了力。"

老丹看都不看我一眼，根本没听我说话。因为好长时间没带它出去打猎了，它在生闷气呢。小安就不一样了，它认真地听着，似乎明白了我所说的每一句话。

那天晚上，我不想上床睡觉。然而，或许是太疲倦了，我刚躺上床就睡着了。天亮时，家里的公鸡老红不停地喔喔叫，吵醒了我。

那是一个美丽的早晨，天空晴朗，地上覆着一层白霜。

我吃过早饭，亲了一下妈妈，便和爸爸一起动身去爷爷的杂货店。

奥沙克山区一定有很多捕捉浣熊的人，然而那天早晨，我觉得自己比任何人都高大、重要。爸爸迈开大步往前走，我挺直胸膛，也迈开大步，吃力地跟在旁边。爸爸注意到了这一点，哈哈大笑起来。

"你需要再长大一点，才能迈那么大的步子。"爸爸说。

我只笑了笑，没有说什么。

天上传来声响，我抬头一看，一群灰色的鸟正在往南飞，不知道它们在叽叽喳喳说什么。

我望着周围的山脉，发现晚上这里来过一位神秘的画家。短短一个晚上，他就描绘出了那么多色彩：浅红、深红、橙黄、青灰……

老丹和小安跑在前面。看到它们跑步时后腿上的肌肉不停晃动，我不禁笑起来。小安蹦蹦跳跳，想着法子逗老丹一起玩，然而，这个严肃的家伙只顾一步步前行，毫不理睬。

"你看看，"爸爸说，"小安行动起来不像猎犬，它总是

187

跳来跳去，玩个不停，更像一只刚出生不久的狗崽。"

"爸爸，您说得对。"我说，"我也注意到了。但是爸爸，它是我见过的最聪明的猎犬。它做的一些事完全出乎人的意料。"

"我知道。"爸爸说，"但它还是很奇怪。"

"爸爸，它只有一个地方不对劲。"我说。

"说来听听！"他说。

"说出来您可能不信，"我说，"它怕枪声！"

"怕枪声？你怎么知道？"爸爸问。

"我以前也不知道，"我说，"后来有一天我在沼泽旁的玉米地里锄草时才发现。那天它和老丹在岸边寻找土拨鼠，对岸有人开了一枪，小安吓坏了，跑到我身边，浑身都在发抖。"

"哦？"爸爸说，"或许是吓了一跳吧。"

"爸爸，不是的。"我说，"在爷爷那儿也出现过一次。那天，爷爷开枪打了一只老鹰。枪声响起的时候，小安快吓死了。它就是怕枪。"

"哦！那好吧。"爸爸说，"这没什么大惊小怪的，很多狗都怕枪。"

"我知道，"我说，"但是我相信，如果我有了枪，就能帮它改掉怕枪的毛病。"

爸爸望着我说："按照妈妈的意见，你近段时间是不会有枪的。"

"爸爸，我知道。"

我和爸爸到达爷爷的杂货店时，马车上已经装好了行李，正停在小店门前等我们呢。

我从没见过爷爷有这么高的兴致。他拍拍爸爸的背，说道："你能和我们一起去，我真是太高兴啦。偶尔出去走走是有好处的。"

爸爸笑着说："看来我必须得去了。不然的话，全家人都会生我的气。"

我在车上发现了那把斧头。我本不希望再次见到它，但不知什么原因，它似乎不是我记忆中的样子了：它乖乖地躺在车上，上面没了血迹，干净、锃亮……

这时候爷爷走了过来。

"我保存了几天，"他说，"觉得治安官来问话时可能用得着，现在看来似乎没什么事了。这次大赛咱们需要斧头。"

爷爷察觉到了我的心情。他静静地等待着我发话。

我内心涌动着参赛带来的兴奋感，即便因为斧头而回想起鲁宾的遭遇，也不过是一刹那的事。

我说："没错，没错，咱们需要一把斧头。这把斧头很锋利，扔掉了怪可惜的。"

爷爷笑着给我戴了顶帽子，说："这才是我的好孙子嘛!

我就想听你刚才说的话。你现在去牛棚拿些干草来，在车厢里给它们收拾个睡觉的地方。"

"爷爷，"我说，"老丹和小安可以自己走，它们好像从不知疲倦。再说了，它俩已经走惯了。"

"走过去？"爷爷几乎喊了出来，"它俩不能走着去，孩子，绝对不能走着去。等走到赛场的时候，它们的脚早就又酸又疼了。"

爸爸笑着说："猎犬累伤了脚参加比赛，还能赢得奖杯吗？"

"当然赢不了！"爷爷说，"好啦，你按照我刚才说的做，快去牛棚拿些干草来。"

我转身去牛棚的时候，情不自禁地笑了起来。爷爷和爸爸如此关心这两只猎犬，我打心眼儿里觉得高兴。

我刚走出几步，爷爷便说："哦，等会儿！"

我停下脚步，转过身。

他走到我跟前，看着仓库，低声说："仓库里有个腌菜用的空桶，里面藏着一壶威士忌。你用干草包好拿过来，这样不会被奶奶发现。"

他眼睛放光，继续说道："说不定什么时候就用到啦！"

我们正要出发，奶奶出来了。

爷爷忽然紧张起来，他悄悄问我："你把酒壶藏好了吗？"

我点了点头。

奶奶递给爷爷一套贴身的衣服和一条围巾，说："我就知道你会忘东西。"

爷爷哼了一声，他知道与奶奶争论是没用的。

奶奶点着车上的日常用品：食盐、胡椒、火柴……

"东西都带齐了。"爷爷说，"你还把我当不会收拾饭盒的三岁孩子啊？"

"孩子？"奶奶鼻子里哼了一声，说，"孩子比你强多了，他们至少还比较自觉。你这样的老头子、讨厌鬼，竟然四处去捉浣熊。"

听到奶奶这番挖苦的话，我以为爷爷会勃然大怒，但他没有。每当奶奶叫爷爷讨厌鬼的时候，爷爷就会像我家的奶牛黛西一样哼哼。

我挨着两只猎犬躺在车厢里，脚伸到外面。

奶奶走过来问我穿没穿暖和的衣服。我告诉她，我穿得很厚。

她亲了我一下，随后我们就出发了。

15

我们的马车沿着崎岖的山路往东北方驶去。

下午，我们在一条小溪旁停下来给马饮水。爸爸问爷爷是不是打算一直走下去，中途不再休息。

"不！"爷爷说，"到达蓝鸟涧时，咱们得停下来住一夜，第二天一大早继续赶路。到了比赛场地，咱们会有足够的时间收拾营地、搭帐篷。"

到达蓝鸟涧时，天色已晚。我们没有搭帐篷，而是将一块防水油布倾斜着竖起来，搭成了一个简陋的小棚子，并在棚前的空地上生起一堆篝火。

爷爷忙着喂马的时候，我和爸爸将褥子搬进棚子里铺好。

爷爷说："我和爸爸做饭时，你去照看猎犬，给它们弄些吃的，再给它们收拾一个暖和的窝。"

"我去做些玉米糊，"我说，"它们平时吃惯了这东西。"

"玉米糊！"爷爷大声叫嚷，"不要再让它们吃玉米糊了。"

他一边朝行李箱走去，一边咕哝："玉米糊！猎犬肚子里填满那玩意，还怎么去打猎？"

不一会儿，他递给我两大罐牛肉丁，说："给你！它们应该吃这个。"

我真想抱住爷爷的脖子。"爷爷，它们肯定喜欢吃。"我说。

我打开盒子，将牛肉丁倒在老丹面前的一块树皮上。它闻了闻，却没有要吃的意思。我大笑，因为我知道它为什么不吃。我打开另一罐的时候，爷爷走了过来。

"怎么了？"他不解地问，"它不吃吗？"

"爷爷，"我说，"它肯定会吃的。但是，要等小安得到自己的那份以后，老丹才会吃。"

盒子打开后，我将食物倒在了另一块树皮上。老丹和小安一起吃了起来。

爷爷惊讶地大声说："啊！简直令人难以置信，我还是头一回碰到这样的事。你训练它们这么做的？"

"爷爷，我没训练过。"我说，"它们一直都这样。它俩不会抢对方的食物，而且，无论做什么事，总是在一起。"

爸爸听到了我和爷爷的谈话，他说："您觉得那很奇怪吗？您真该见识见识我几天前看到的情景。当时妹妹在后院给老丹扔了两块凉饼。它站着看了一会儿，随后叼起两块饼跑了。为了看个究竟，我紧紧跟了上去。它跑到狗屋前，放下饼，汪汪地叫。等小安从狗屋里钻出来，老丹才跟它一起吃起来。我可是亲眼看到的啊！您要相信，它俩关系很好——真的很好。"

爷爷站在那儿紧盯着猎犬，仿佛在精心挑选措辞一般慢悠悠地说："你们知道吗，我总觉得这两只猎犬身上有种奇特的东西。到底是什么，我说不清，也道不明，但却时时刻刻能感觉到。或许只是我胡思乱想吧。真让人搞不明白。"

他转头对爸爸说："你有没有注意过猎犬看着比利时的眼神？它们密切地观察着他的一举一动，丝毫都不放过。"

爸爸说："我注意到了，我还注意到了很多其他的。说实话，有些事说出来您可能不会相信……呀，晚饭好啦！"

我津津有味地吃着热乎乎的玉米面包、炸土豆条和熏肉，爷爷在一旁倒咖啡。我以为爷爷只会拿出两个杯子，他却摆出了三个，往里面倒满了浓浓的黑咖啡。

在家的时候，爸爸妈妈从来不允许我喝咖啡。我瞥了一眼爷爷，他似乎正忙着吃东西，无暇理我。我大着胆子伸手攥住了杯子把儿。我来到橡树桩旁边坐下，屏住呼吸，周围静悄悄的，没人说话。爷爷和爸爸都没在意我的举动。我高兴得飘飘然，我不仅可以帮爸爸干农活，还可以喝咖啡啦。

吃完晚饭，洗完餐具，爷爷说："好啦，咱们快睡觉吧！明天得早点出发。"

爷爷和爸爸都睡着了，我静静地躺在铺上想着大赛的事。夜间出来活动的精灵们打破了周围的宁静，也扰乱了我的思绪。

营地右侧的悬崖上，赤狐嗷嗷地叫了起来。它好奇心强，身小力微，却敢向进入自己领地的入侵者发起攻击；光秃秃的山头后，猫头鹰单调的叫声在静谧的夜空回荡，这是求爱的鸣叫，从远处的山头传来了应答声。马挪动脚步，低下头，吃着料槽里黄色的硬玉米，不时发出嘎吱嘎吱的咀嚼声。一只夜鹰掠过夜空，咕咕咕地叫着。一声阴森森的尖叫从不远处的树上传来，我吓得打了个冷战。那是鸣角鸮，我不想听到它的叫声。奥沙克山区有一种迷信的说法：听到一只鸣角鸮叫不会发生什么，但是如果听到了两只或更多的鸣角鸮的叫声，厄运就要降临了。

我躺在铺上，静静地听着鸣角鸮的叫声，那是从营地的左侧传来的。不久，怪异的叫声停了，周围静悄悄的。不大会儿，声音又响起来，这次来自右边。我倏地爬起来。难道真的是两只鸣角鸮在叫？

我惊醒了爷爷。他睡意蒙眬地问："怎么了？睡不着吗？你怎么坐起来了？"

"爷爷，我听到了两只鸣角鸮叫。"我说。

他咕哝着站起来，揉揉眼睛，说："听到了两只鸣角鸮叫有什么呢？我也听到过。哦，我明白了。你是说那个给人带来厄运的说法，那都是子虚乌有的事。快躺下睡觉吧。明天是个好日子。"

我拼命想入睡，还是睡不着，脑子里总是想着鸣角鸮的事。真的是两只鸣角鸮吗？我们会不会遇到倒霉的事呢？一定不会的。在这场激动人心的大赛上，不会发生任何不好的事。

我安慰自己说，刚才是同一只鸣角鸮在叫。没错！没错！它不过是从一棵树飞到了另外一棵树上罢了。

第二天吃早饭的时候，爷爷拿鸣角鸮跟我开起了玩笑。

"我多希望昨天晚上你能逮住一只鸣角鸮啊！"他说，"咱们可以在咖啡壶里煮了它。我听说，猫头鹰咖啡之类的喝起来不同寻常。"

"爷爷，不是猫头鹰，"我说，"那是鸣角鸮。我也不知道自己是不是真的听到了两只，可能只是一只而已。"我指着一棵小红橡树，说："第一次听到的时候，它应该在橡树上。第二次听到的时候，却是那个方向。说不定它飞到了另外一棵树上。我多希望是这样啊！"

爷爷见我一脸困惑的样子，说："难道你真的相信那骗人的说法？它会给人带来厄运？这是根本没有的事！"

爸爸大笑着说："山里面这类玩意太多了。如果遇到一个便相信一个，岂不是要疯了？！"

经过爷爷和爸爸的一番开导后，我的心情好了很多，但依然有一些疑虑。要一个孩子将这样的事情忘得无影无踪，谈何容易？

我们吃完早饭，将行李装到车上，离开了蓝鸟涧。

马车行驶的速度比前一天快了很多，我很高兴，因为我迫不及待地想冲到赛场上。

中午，车停了下来。我听见爷爷问爸爸："这就是黑狐洞吗？"

"不是，"爸爸说，"这是大瀑布，前面才是黑狐洞呢。您为什么要问这个？"

"哦，"爷爷说，"黑狐洞入口处会有一面白旗，我们从那里拐弯。比赛的场地就在那个河谷里。"

听到这话，我激动得站起来，想仔细看看四周。

"爷爷，您应该再快一些，"我说，"天色已经很晚了。"

爸爸哈哈大笑起来，说道："不要急！不要急！咱们的时间还很充裕。再说了，这些马又不会飞。"

我是第一个看见旗帜的。"爷爷，它在那儿！"我大喊。

"在哪儿？"爷爷问。

"在那儿，快看！在葡萄藤上面系着呢。"

车子离开大路的时候，我听见爸爸说："孩子，快看，地面上有这么多车辙和脚印，肯定来了不少人。"

"那些烟雾一定是从营地上飘来的。"爷爷说。

营地渐渐进入视线的时候，我简直不敢相信眼前的景象。这是我生平第一次看到这么多人聚在一起。帐篷这儿一顶，那儿一顶，颜色各异，大小不等，形状有别。到处是各种样式的汽车、轻便马车、运货马车。

我听见爷爷低声说："我知道会有不少人参赛，但是，一下来了这么多人，我还真没想到。"

我看到爸爸的脸上也露出惊讶的表情。

我们的帐篷扎在了营地旁边一棵高大的橡树下。我把猎犬拴在车上，给它们收拾了一个漂亮的窝。一切都打理妥当之后，我问爷爷是不是可以去营地上溜达溜达。

"当然了，"爷爷说，"你可以随便逛，只要不妨碍别人就行。"

我在宽阔的营地上闲逛起来。大家都很善良。我听见一个声音说："他就是那个有两只可爱的红色猎犬的男孩。我听说它们相当厉害。"

我身体挺得像笔直的藤条，继续往前走。

我看了看别人的猎犬。它们成对拴在一起，红骨浣熊猎犬、蓝斑猎犬、华克猎犬、寻血猎犬……个个端庄漂亮，身上的毛发又滑又亮，一尘不染，结实的皮带和镶铜的项圈让我目不暇接。

我想起了老丹和小安。它们用细小的棉绳拴着，项圈是用破旧的皮革做的。

看到这些猎犬，我不禁想，我还有获胜的希望吗？我知道，这些猎犬绝不是混血，它们的血管里流淌着最为纯净和正统的血液。别处再也找不到这么棒的浣熊猎犬。它们来自不同的地方，田纳西州的大烟雾山、路易斯安那州的海岸湿地、得克萨斯州的红河谷，以及奥沙克山区等。

回到我们自己的营地，疑虑像冰冷的手指挤压着我的心。但看了一眼我的猎犬，所有的顾虑、怀疑又都被驱散了。我似乎从小安的眼睛里看到了这样的信息：不要担心，你等着瞧吧，我们能行。

那天晚上，爷爷说："明天是猎犬选美比赛。你想派哪只参赛呢？"

我告诉爷爷我不想让它们去。它们个头太小了，没有任何获胜的希望。

爷爷怒气冲冲地说："个头大也好，小也罢，都没有关系。它们是浣熊猎犬，我没有说错吧？"

我问爷爷是否见过其他的猎犬。

他说："见过了，整个营地我都看了一遍。你说得没错，它们个头很大，长得也漂亮，但是，这又有什么呢？你的猎犬有没有一只易拉罐大，我才不在乎，它们依然有赢的希望。好了，你到底想派谁去？"

我一时定不下来，只好说："今晚我好好想一想，明天告诉您吧。"

第二天早晨，我走出帐篷的时候，营地上已经站满了人。大家都在忙着给自己心爱的猎犬梳理毛发，为选美比赛做最后的准备：一把把漂亮的梳子、刷子蘸起昂贵的发油，慢慢地涂在光滑的毛发上……

我转过头，静静地站在旁边望着老丹和小安。我伸手去解老丹的绳索，但仔细看了看，却觉得它是赢不了选美比赛的。由于经常与浣熊和山猫搏斗，它的脸上、耳朵上留下了很多伤疤。我伸手摸着它的头，愧疚之情油然而生，却也更爱它了。

我仔细打量着小安，没有看到一处伤疤。我哈哈大笑起来，谁不知道其中的原因呢？它可是个聪明的家伙，搏斗时很少与对手正面交锋，而是耐心地等着老丹控制住对手之后才会扑上去。

我解开小安的绳子，带着它来到帐篷里。

爷爷和爸爸不在，他俩一定是到其他帐篷拜访老相识、结交新朋友去了。

我环顾四周，试图找个给小安梳理的工具。忽然，爷爷那个打开的旅行箱映入眼帘。箱子里恰巧放着我要找的东西——骨质手柄的漂亮发刷和象牙梳子。我拿起来，攥在手里，翻来覆去地看。

小安站在旁边看着我。我兴冲冲地蹲下来，拿着发刷在它的肩膀和屁股之间来回地梳。小安似乎很喜欢。我知道不应该用爷爷的东西，但哪有别的选择呢？

因为没有发油，我便打开装日用品的箱子，切了一些黄油。之后我拿起爷爷的发刷和梳子，擦上黄油，在小安身上抹起来，它的毛发渐渐亮了。我给小安刷毛的时候，它不时地伸出舌头，舔我手里的黄油。

打理好之后，我后退几步，仔细地看着小安。它的变化大得让我吃惊：每根红色的短毛都乖乖地待在自己的位置，整个身子闪闪发光。

我冲它摇晃着手指，说："如果你敢躺在地上滚来滚去，我会揍扁你的。"其实我只是说说罢了。

帐篷外传来喧闹声，我伸出脑袋往外看，大家正忙着把自己心爱的猎犬放在营地中央的一张长桌上。我领着小安来到桌旁，也将它抱了上去。

我告诉它要注意自己的淑女形象。它摇着尾巴，似乎明白了我的话。我松开绳索，往后退了几步。

所有的猎犬都站成一排后，评判开始了。四位裁判绕着长桌走来走去，从不同的角度观察猎犬。他们指到了哪只猎犬，哪只便被抱下桌子，与比赛无缘了。一只又一只猎犬离开了展台。小安依然站在上面。

我睁大了眼睛，喉咙发干，心脏怦怦地跳个不停。一位裁判在小安面前停了下来，我的心跳也几乎停了。他伸出手，轻轻地拍着它的脑袋。

然后，他转过头来问道："这是你的小狗吗？"

我一时说不出话来，只是点了点头。

他说："真漂亮。"

他挪动脚步。我的心才又恢复了跳动。

展台上还有八只猎犬，小安依然占据着一席之地。后来剩下了四只。我随时都可能哭出来。又有两只猎犬下了展台。现在只剩小安和凯尔先生的大华克猎犬。裁判们似乎拿不定主意。

周围的人开始大声喊起来："让它们走走看！让它们走走看！"

我不明白他们在说什么。

裁判命令我和凯尔先生走到长桌的一端，两只猎犬被放到了另一端。凯尔打着响指，唤着自己心爱的猎犬。

那只大猎犬朝着自己的主人走来。这是多么美的一幕啊！它走起来仿佛伟大的国王，身材伟岸，头颅高昂，光滑的毛发下，一块块肌肉不停地摇晃。然而，意外出现了。即将走到主人面前的时候，它停下了脚步，转身跳下了展台。

人群中一片哗然。

轮到我了。我的嘴巴张了三次，却始终发不出声来。喉咙好像缺水，声带也拒绝工作，但我可以打响指。打一下就足够啦！小安朝我走来。我屏住呼吸。周围静悄悄的。

　　它仿佛一位高贵的女王，高高地仰着头，棕红色的长尾巴翘起来，宛如一道漂亮的彩虹。可爱的小安走了过来。它的眼睛紧紧地盯着我。走到我旁边的时候，它将脑袋靠在了我的肩膀上。我伸开双手抱它时，周围响起一片欢呼声。

　　大家拍着我的背，祝贺声不绝于耳。主裁判走过来发表了演讲，然后他将一个小银杯递给我，说道："孩子，祝贺你。你赢了！"

　　泪水从我脸上滚滚而下。我紧紧地抱着小安，往帐篷走去。爷爷自豪地拿着奖杯跟在后面。

　　那天晚上，主裁判站到长桌上，手里攥着一个小盒子，大声说："朋友们，赶快过来！我有事情要说。"

　　我们都站到桌子旁边。

　　他大声说："各位朋友，捕浣熊比赛今晚开始。我相信很多人以前参加过咱们的比赛，我要向没参加过的人解释一下比赛规则：每晚会有五组猎犬同时出去捕浣熊，每一组都会有一位裁判跟随。第一晚比赛完后，裁判会将捕获的浣熊交上来，捕到浣熊最多的猎犬有资格参加冠军争夺赛。在接下来几个晚上的比赛中，谁捕捉的浣熊数量和第一天晚上的赢家持平，或者更多，谁就有资格入围冠军争夺赛。

　　"各位朋友，咱们的大赛要赛出精神。猎犬把浣熊追到了树上，却没有抓住，这样不算数。一定要捉住浣熊，剥了皮，然后将浣熊皮交给裁判，这样才算捕获成功。

"各位可以携带斧头、提灯、猎枪。但猎枪只允许将浣熊从树上赶下来，不得将其打死。

"这次大赛一共有二十五组猎犬参加。我手中的这个盒子里装着二十五块牌子。现在大家排队抓阄。你抓到的牌子会告诉你哪天晚上出去打猎。"

我排着长队慢慢往前走的时候，看见其他猎人都穿着漂亮的红色外套，戴着帽子，蹬着柔软的皮靴。我却穿着褪了色的蓝色裤子，披着破旧的羊皮大衣，踩着破烂的鞋子，这副装扮似乎不应该出现在这个地方。但是，豪爽的猎人们丝毫不在乎这些。他们把我当成大人，用对成年人说话的语气和我说话。

轮到我去抓阄的时候，我的手晃得厉害，费了好大劲才伸进盒子里。拿出牌子，我发现自己抽到了第四个晚上。

大家离开之后，我和爷爷、爸爸站在篝火旁喝着浓浓的黑咖啡，听着猎犬汪汪的叫声。

两只猎犬追着浣熊的踪迹来到营地附近。我们静静地听着它俩坚定的号叫。忽然，它们停了下来。

没过几分钟，一位猎人说："你知道吗，那只老浣熊肯定跑到了水里，耍了两只猎犬。"

另一位猎人说："你说得没错，那个老家伙一定使了花招。"

一位慈祥的猎人看着我，问："老浣熊骗得了你的猎犬吗？"

我仔细思考之后答道："我去打猎的时候，有时候会唱自己编的一首小曲。"我给他们唱起来：

老呀老浣熊，你可放心游过河，
伎俩一个接一个。
老呀老浣熊，不会有什么效果，
可爱的小安会一个个识破。

猎人们哈哈大笑，有的还伸手拍了拍我的背。

我又累又困，回到帐篷，面带微笑慢慢地进入了梦乡。

第二天早晨，来自田纳西州大烟雾山的两只蓝斑猎犬捉到了三只浣熊，高居榜首。其他四组猎犬被淘汰出局。

第三天早晨，五组猎犬都被淘汰了。尽管有两组分别捉到了两只浣熊，其中一组还将第三只浣熊追到了树上，却都没有赶上蓝斑猎犬的成绩。

吃晚饭的时候，爷爷问我老丹和小安有没有一晚抓到三只浣熊的时候。

我说："有，但是只有四次。"

"你认为咱们该去哪儿狩猎呢？"爸爸问。

我说，如果裁判能跟着咱们坐车去大河的下游，越过其他猎犬已经狩猎过的地方，情况或许会好很多。

他说："好主意！好主意！我去问问裁判吧。"

我收拾餐具的时候，爷爷自言自语："我该刮刮胡子了。"

当时我真应该离开帐篷，但是，餐具还没有洗完。

爷爷用一枚别针将小镜子挂在帐篷上，扭着脸这边照照，那边照照，往灰白的头发上撩了一点水，随后去找发刷和梳子。

我用眼角的余光望着他。为了洗净漂亮的发刷，我想尽了一切办法，但还是无法将上面红色的短毛全部清理掉。

爷爷伸出两根手指，揪掉刷子上的几根毛发，高高地举在眼前，仔细地打量着。他往镜子旁欠了欠身子，透过老花镜细心地看着自己的脑袋，随后又直起腰，看着刷子。忽然，他迅速转过身，眼睛直直地望着我，问："孩子，到底是怎么回事？"

为了逃过爷爷的质问，我匆匆跑出帐篷，钻到了马车下面，躺在老丹和小安中间。我知道爷爷会原谅我的，但还是避开一会儿比较好。

当天晚上，两只来自路易斯安那州海岸湿地的黑猎犬捉到了三只浣熊，成绩与蓝斑猎犬持平。

接下来的一天，我坐立不安，过一会儿便要去看看老丹和小安。一次，我从日用品盒子里掰了两小块奶酪，加热之后喂给它们俩。老丹一口吞了下去，然后两眼望着我，仿佛在问："就这么多吗？"小安像淑女一样，慢悠悠地享用着，十分开心。

爷爷像蚂蚱一样，一会儿跑到这儿，一会儿跑到那儿。每经过一顶帐篷，我都听见他在里面和主人聊天。我知道，他又在夸奖老丹和小安。我暗自笑了起来。

一位猎人拦住我，问道："你的猎犬一个晚上捉了六只浣熊，光在一棵树上就逮了三只，这是真的吗？还是那个老头无中生有？"

我对他说，爷爷的话虽然有些夸张，但他是世界上最好的人。

他轻轻地拍拍我的脑袋，转身笑着走开了。

16

　　下午，一位裁判来到我们的帐篷作了自我介绍。他说晚上将和我们一起打猎。

　　太阳下山时，大家挤上车子，顺着河岸往下游行驶了几公里。我发现，其他猎人采取了同样的做法。大家都想方设法离开前几天狩猎过的地方。

　　爷爷停下车子时，天已经黑了。我解开猎犬的绳子。小安蹲坐在我身边，汪汪地叫。老丹向前走了几米，伸长身子，爪子不停地挠着松软的泥土，接着它张开嘴，发出一声号叫，随后消失在茂密的树林里。小安紧紧地跟在后面。

　　我们也跟了上去。

　　爷爷紧张起来。他对我说："你不应该唤一唤它俩吗？"

　　我说再等一会儿。

　　他哼了一声，说道："猎人要不断地唤着猎犬才对。"

"爷爷，我会这样做的。"我说，"但是要等到它们找到浣熊踪迹的时候。"

我们继续往前走，时不时停下来静静地倾听。老丹大声地嗅来嗅去。小安窜过一个洒满月光的洞口时，我们看见了它的身影，动作轻盈，快如飞箭。

爸爸说："今晚多美啊！真是打猎的好时候。"

裁判说："奥沙克山区的静夜处处美不胜收。"

爷爷开口说什么，但声音被小安的叫声淹没了。

我呼唤着："丹，快！快去帮帮它。"

老丹深沉的叫声打破河谷的宁静，似乎是对我的回答。我感到体内的血液沸腾了。那种猎人才有的美妙感觉爬上心头。

我望着爷爷，说："您现在可以大声喊了！"

他猛地甩掉帽子，仰起头，大声喊起来。这既算不上刺耳的尖叫，又不是兴奋的呐喊，似乎游离在两者之间。大家都哈哈大笑。

浣熊朝着营地的方向跑去。大家转身追过去。老丹和小安的叫声告诉我，它俩正肩并肩地往前冲，离浣熊不远了。我闭上眼睛，几乎可以看到它们奔跑的身影：绷紧身子大步往前跑，呼出的热气在寒冷的空气中凝成了一团团白雾。

爷爷被低矮的丛林缠住了脚，帽子和眼镜也不见了踪影，我们花了很长时间才找到。爸爸让爷爷用铁丝之类的东西绑好，他却哼了几声。裁判笑起来。

浣熊逃到了大河对岸，往上游跑去。不大一会儿，两只猎犬的叫声听不见了。我对爸爸说，大家还是沿着这边的河岸走，一直走到听见叫声为止。

约莫二十分钟之后，两只猎犬从远处跑回来了。我们停下脚步。

"它俩又游到了咱们这边。"我说。

忽然，猎犬的叫声被巨大的咆哮声淹没了。

"那是什么？"爷爷问。

"谁知道呢！"裁判说，"可能是大风或者雷声吧。"

他话音刚落，那声音又传了过来。

裁判哈哈笑起来。"我知道啦！我知道啦！"他说，"老丹和小安把浣熊追回来的时候，路过了营地。咱们刚才听到的是猎人们的呼喊。"

大家都笑了。

几分钟之后，我听见老丹和小安冲着树上的浣熊疯狂地叫起来。爸爸走到树下，手伸进外套里，拿出爷爷的猎枪。

"这枪看起来真奇怪。"裁判说，"是 410 枪吧？"

"这样的事由它做再好不过！"爸爸说，"你试过就会发现，装上打鸟的子弹后，它根本打不死浣熊。最多给浣熊挠挠痒而已。"

砰的一声响后，浣熊尖叫了一声，从树上跳下来。两只猎犬嗖地扑了上去。

我们剥了浣熊的皮，又上路了。

不久，老丹和小安将另一只浣熊追到了河对岸，汪汪地冲着树叫。我们找到一处浅滩，脱了鞋蹚过去。

爷爷小心翼翼地迈着步子，在一块块光滑的石头上挪动着，看起来一切顺利。走到溪流中央时，流水更急了。他抬起脚，踩到一块松动的圆石。石块动了一下，爷爷一下子摔倒了。

冰冷的河水漫过他的身体时，他尖叫了一声，好几公里之外都能听见。我们看到他那副滑稽的模样，不禁笑了起来。

爸爸和裁判把爷爷扶了起来。大家一路上又说又笑，终于到了对岸。

浣熊被杀死之后，我们生起一堆篝火。爷爷站在篝火旁，不停地晃着身子，长内衣冒着水汽，看起来可爱极了。我放声大笑。

他望着我，厉声问："什么事那么好笑？"

我说："没什么！"

"那你笑什么？"他问。

听到这话，爸爸和裁判笑出了眼泪。

爷爷咕哝着说："你们要是像我这样冻得发抖，就不会笑了。"

大家都知道不应该笑话爷爷，然而谁也控制不住。

裁判看了看手表，说："现在是凌晨三点多。它们还能不能再追到一只浣熊呢？"

仿佛是回应裁判的话似的，老丹汪汪地叫了起来。我站起来，大声喊："哇——丹，抓住它！抓住它！把它追到小树上。"

慌乱之下，爷爷把裤子穿反了。爸爸和裁判帮爷爷穿鞋，结果费尽力气，却把鞋子也穿反了。我站在旁边笑得前仰后合，什么事都没法做了。

离开篝火不到一百米后，我才忽然想到忘记拿浣熊皮了，又匆匆忙忙跑了回去。

老丹和小安将浣熊追到了一片沼泽地里。它俩急促的叫声告诉我，它们就要追上浣熊了。忽然，号叫声停止了。我们静静地站在原地，仔细听。老丹叫了几声，随后又停了。

爷爷问："发生什么事了？"

我说，浣熊可能又耍起了把戏。

我们来到猎犬身边，它们正沿着一道破篱笆来回找。大家静静地望着四周。老丹时不时跑到距离篱笆不到三米远的朴树前，汪汪地叫个不停。

小安一声不响。大家望着它。它四处寻找，爬到篱笆上，顺着弯弯曲曲的篱笆往前走，渐渐消失在黑暗之中。

我对爸爸说，浣熊一定绕着篱笆，神不知鬼不觉地耍了老丹和小安。

老丹一次又一次地回到朴树前，伸出前爪，汪汪地叫。我们走上前，仔细打量着大树，上面连个影子都没有。

裁判说："看来它们上了浣熊的当。"

"你还是把它俩叫回来吧，"爷爷说，"咱们再去别的地方看看。一定要再抓一只，哪怕亲自上阵，我也要把它追到树上。"

爷爷说完这话，不知什么原因，没有一个人笑。

"天就要亮了。"爸爸说。

"是啊！"我说，"咱们没有时间去别的地方看了。如果让这只浣熊跑了，咱们就失败了。"

爷爷听到"失败"二字，不安起来。他问我："你认为刚才发生了什么事？那家伙是怎么耍猎犬的？"

"我也不太清楚，"我说，"它从篱笆上走过去了。那把戏一定与朴树有关系。但是，我说不出个所以然。"

"孩子，"裁判说，"如果我是你的话，就不会太伤心。许多出色的猎犬都被精明的老浣熊戏弄过，这样的事我见多了。"

无论大家说了什么丧气话，我对两只猎犬的信任和疼爱都不会改变。它们依然时不时地爬上破木桩，钻进矮丛林，闻闻这儿，嗅嗅那儿，不断地搜索着已经消失的踪迹。一股自豪感油然而生。我呼唤着，给它们鼓劲，为它们加油。

裁判低声说："它俩不会轻易放弃的。"

附近的鸟开始鸣叫，天空露出了浅灰色，黯淡的小星星慢慢地送走了黑夜。

"看起来咱们要输了。"爸爸说，"天就要亮了。"

爸爸话音刚落，猎犬清脆的叫声响彻整个河谷。啊，是小安！

我深深地吸了一口气，紧紧地闭上眼睛，心脏怦怦地跳个不停。我咬紧牙关，不让泪水流下来。

"走，快去看看！"爷爷说。

"慢着，再等一会儿。"我说。

"为什么？"爷爷不解地问。

"老丹跑过去之后咱们再去。"我说，"现在天已经亮了。如果咱们先走到树下，浣熊会吓得跳下来。等老丹冲到树下后，那时它再从树上跳下来，就没有逃跑的可能了。"

"说得没错。"裁判说，"天亮以后，的确很难将浣熊困在树上。"

他刚说完，那边就传来了老丹的声音。深沉的吼叫打破了清晨的宁静。为了寻找消失的踪迹，它跃过篱笆，冲

214

到了一片许久没有耕作过的农田里。我转过头，看见它又回来了。灰蒙蒙的晨光里，它看起来像一个红色的圆球。老丹走到篱笆前，抬起腿，纵身爬了上去。约莫爬到一半的时候，它就叫了起来。

它汪汪叫着冲到地上，飞快地从我们身旁跃过。大家都喊起来。前方是一道大约三米宽的深沟，对面是一片密密麻麻的藤丛。它纵身跃过深沟，身体久久停留在半空。老丹挣扎着穿过藤丛，枝蔓哗哗作响。一群困倦的雪鸟吓得飞起来，在空中绕了几圈后，落在破旧的篱笆上。

我们跟过去，发现了一棵高大的枫树，高高的树梢上藏着一只浣熊。

爷爷高兴极了。他又蹦又跳，大叫着将自己的破帽子扔到地上。随后，他跑到小安身边，在它头上亲了一下。

我们杀死浣熊、剥了皮之后，裁判说："咱们到破篱笆那儿看看吧。我想知道老家伙是怎么耍把戏的。"

来到篱笆旁边，裁判静静地站着看了一会儿，笑着说："啊——我知道啦！"

"它是怎么耍我们的呢？"爷爷问。

裁判面带微笑说："老浣熊沿着篱笆爬上了朴树。这儿树枝太茂密了。你们看到那根树枝了吗？它一直向上伸展，快要够到枫树了，快看！快看！"

我们看到了他说的树枝。

"浣熊沿着那根树枝一直爬，然后纵身跃到了枫树上，随后跑到了河谷。不过，我始终不明白它们俩是如何发现浣熊的。"

裁判看着小安，摇晃着脑袋说："我抓了很多年浣熊，也做了很多年裁判，与这样的事还是第一次遇到。"

他望着我，说道："哈哈，孩子，你已经有资格参加决赛了。根据我今晚的所见所闻，你们赢得奖杯的可能性非常大。"

我心里明白，就像上次捕捉浣熊鬼一样，小安在空气中嗅到了浣熊的气息。我走过去跪在小安旁边，本想说些什么，却什么都说不出来。我想它能理解我。

我们回到营地的时候，所有的猎人都走出了帐篷，将我们围个水泄不通。裁判高高地举起三张大浣熊皮。人群中传来一阵欢呼声。

一位猎人说："那是我见过的最壮观的景象。"

"什么景象？"爷爷问。

"昨天晚上，这两个小家伙追着浣熊，径直穿过营地。"

裁判说："我们听到营地上的声音时就猜到了这一点。"

那位猎人笑着说："两只小家伙肩并肩地追在后面，距离浣熊还不到五十米。它们飞身跳跃，脚着地时汪汪大叫，真是太刺激啦！那是我见过的最美的场景。"

裁判向猎人们讲述小安追逐第三只浣熊的情形，我带着它俩回到了帐篷，给它们准备食物和水。它们吃饱喝足之后，我又拿起麻袋布给它俩按摩了一会儿，随后把它们领到车子旁，拴了起来。我站在旁边，静静地看着它俩在草堆里整理自己的窝。

那天晚上，爷爷在河里摔了一跤后有点着凉，鼾声不断。我还是头一次听到他发出那么大的声响。日用品箱内的纸袋都被震得哗啦啦地响。我卷起铺盖，来到两只小家伙身边。小安紧紧地靠着老丹，睡得正香。我将它俩拉开，躺在中间睡着了。

最后一场淘汰赛与第二场一样，谁都没能交上三只浣熊皮。

那天中午，我和其他的获胜团队被主裁判叫了过去。他说："各位朋友，淘汰赛结束了，现在只有三组猎犬进入了决赛。今天晚上的赢家将获得金奖。如果大家打成了平局，我们会加赛一场。"

随后，主裁判和在座的人一一握手，祝大家取得好成绩。

营地上弥漫着紧张的气氛。猎人们这儿一群，那儿一堆，大声说着话。有人手里攥着一沓沓纸币，穿梭在帐篷之间。爷爷可是最忙的一位，他的声音飘荡在整个营地。大家都望着我，小声说着什么。我仿佛一只火鸡，来回踱着步。

晚上我们在帐篷里吃饭的时候，一位猎人走了进来。

他攥着一个小盒子，笑着说："大家决定赌一把，看谁能赢得比赛。我是被派来收钱的。"

爷爷说："你还是赶紧离开吧！"

猎人望着我说："孩子，这儿几乎所有的人都希望你能夺冠，但这谈何容易？你的对手是四只最棒的猎犬。"他转头对爸爸说："那两只大猎犬已经赢了四个金奖杯了，你知道吗？"

爸爸一脸严肃地说："我家有两只毛驴，一只又肥又壮，像头牛一样，另外一只又瘦又小，像只兔子。但是干起活来，个头小的每次都胜过个头大的。"

猎人微笑着转身走了，边走边说："你说得也许没错。"

"你认为咱们该去哪儿打猎呢？"爸爸问我。

"我已经思考整整一天了。"我说，"您还记得咱们前天在沼泽地里追浣熊的那个地方吗？"

"记得！"爸爸说。

"我觉得那片沼泽里有不少浣熊。"我说，"那儿有许多虾啊，鱼啊，是浣熊生活的好地方。而且，如果猎犬发现了浣熊，也很容易抓住。"

"为什么呢？"爸爸不解地问。

"因为那儿离大河很远。"我说，"不管它往哪条路逃，猎犬都会穷追不舍，所以它只能爬到树上。"

傍晚，我们爬到爷爷的车里，往那片沼泽驶去。到达目的地的时候，天已经黑透了。

爷爷将猎枪递给爸爸，说道："有了这玩意，你就成了好枪手啦。"

爸爸说："希望今晚能多放几枪！"

我轻轻地说："我也是这么想的。"

我将猎犬的绳索解开，攥着项圈，慢慢把它们拉到身边，跪下来，轻声说："今晚是最后一场比赛。我知道你们会尽力的。"

老丹和小安似乎明白了我的话，不停地晃着脖子。我松开手，它俩飞一般朝着低矮的树丛跑去。冲到黑乎乎的树影下时，它们停下脚步，转过身，看了我一会儿。

裁判看到了它俩不同寻常的举动，将胳膊搭在我肩膀上，问道："孩子，它们在说什么呢？"

我说："我也不明白它们在说什么，但是，我隐隐约约感觉到，它俩知道这次比赛的重要性。"

小安发现了浣熊的踪迹。它的尖叫声还没有消失，老丹深沉的吼叫已不绝于耳。

"哇，快走吧！快走吧！"爸爸迫切地说。

"等等！咱们再等一会儿。"我说。

"等一会儿？为什么呀？"爷爷问。

"看看它会往哪个方向跑。"我说。

浣熊冲出沼泽地，朝大河逃去。老丹和小安的声音告诉我，它俩离浣熊不远了。我对爸爸说："它逃不到河边，老丹和小安就要追上了。"

大家沿着沼泽走的时候，它俩已经开始对着树上的浣熊汪汪地叫了。

裁判说："孩子，这速度太快啦！"

爸爸将手放在我肩上，微笑着看着我，不停地点头。我知道，这是对我的准确判断的夸赞。

老丹和小安把浣熊追到了一棵高大的白蜡树上，白蜡树距离河岸大约有五十米。我知道，浣熊一旦逃到河里，它的把戏就会一个接着一个，没完没了。

我们发现浣熊躲在高高的树枝上。砰的一声枪响后，它远远地跑到了另一根枝头，纵身一跳，下了树，随后向河边逃去。交错的树枝拦住了老丹和小安。它俩拼命推开枝丫，终于冲了出去。浣熊抢先一步跳进了河里。随后传来了咚咚两声响。

我们跑过去，站在河边望着这场激烈的搏斗。浣熊是游泳的行家。它爬到老丹头上，用尽力气想把它按到水下。说时迟，那时快，小安冲过去，一把将浣熊远远地推开。

爸爸用颤抖的声音说："这水太深了，没什么把握啊！"

"你还是把它俩唤上岸吧！"裁判说，"那可是一只大浣熊，在深水里弄死一只猎犬可不是什么难事！"

"叫它们上岸？"我说，"我不能拿根木棍将它们掰开吧。害怕有什么用呢？我知道它们有多大的本事。"

爷爷既担心又兴奋，又跳又喊……

爸爸举起枪，摆出瞄准的架势。

我跳起来抓住他的胳膊，大声喊道："不能开枪，那样会伤着猎犬！"

战斗进行了一个又一个回合。浣熊爬到老丹的脑袋上，锋利的牙齿深深地咬进了它的耳朵。老丹痛苦地号叫着。小安飞快地游过去，张开嘴死死地咬住浣熊的后腿。忽然，三个家伙一起消失在水里。

我屏住呼吸。

河水沸腾了，它们几乎同时露出了水面。浣熊拼命朝河岸这边游来，快要上岸的时候，老丹和小安又拽住了它。浣熊挣脱开，朝着高大的枫树跑去，正要跃身上树时，老丹扑了上去。我知道，战斗结束了。

抓住浣熊剥了皮之后，爷爷说："今晚别再遇到这样的场面了。我刚才一直以为老丹和小安就要离开我们了。"

裁判说："哦，快看！你以前看到过吗？"

老丹闭着眼睛，耷拉着脑袋，静静地站着。小安正在舔舐它的伤口。

"它经常这样做啊！"我说，"小安舔完之后，老丹也会这样做的。看看您就知道啦！"

大家站在原地，一直看着它俩舔舐完彼此的伤口。随后，它们肩并肩跑开，消失在黑暗中。

　　我们跟在后面，时不时停下脚步，察看周围的情况……

17

爸爸望着天空说:"看起来不妙啊!要有暴风雨了!"

天空变成了深灰色。一朵朵雨云飞速从空中掠过。

爷爷说:"看来要起风了!"

天空中涌现出更多的云朵,大家都想回营,我顾虑重重地说:"如果暴风雨真的来了,倒是打猎的好时机。风雪到来之前,所有的动物都会出来活动。"

半个小时后,爷爷说:"听!"

我们静静地站着。高大的枫树梢传来一阵阵低沉的呼啸。

爷爷说:"我真担心啊!就要起风了。"

树叶、灌木丛哗哗地响了起来。天上下起了雨夹雪。空气冷飕飕的。

大河下游很远的地方,猎犬冲着浣熊的踪迹发出低沉的吼叫。是老丹。几秒钟之后,小安也呜呜呜地叫起来。

我捏了一把汗，大声唤着它们。

地上覆盖了一层白白的雪粒。暴风雪真的来了。我们匆匆往前走。

我对爸爸说："如果雪一直这样下，老浣熊跑不了多远的，它要回家。"

"要是天气再糟糕一些，"爷爷说，"猎人也跑不远了。他们会被冻僵，想跑也跑不动。"

裁判说："咱们会不会迷失方向呢？"

"说不清楚啊！"爸爸说，"我对这一带也不熟悉。"

猎犬的叫声似乎越来越远了。大家来到一块生长着三棵高大枫树的地方，在背风的一侧停了下来。

爸爸大声喊道："不知道咱们还能忍受多久啊。"

"风雪太大了！"爷爷说，"看样子还会更大。"

"现在五米之外都看不见啦！"裁判说，"咱们还能找到车子吗？"

"我觉得找到车子还是没什么问题的。"爸爸说。

老丹和小安的叫声听不见了。我不禁担忧起来。我不能把它俩独自留在风雪中不管不问。

"你们还能听见猎犬的声音吗？"爷爷问。

"听不见了！"爸爸说。

"伙计们，咱们还是回去吧！"裁判大声说，"现在根本不知道它们去哪儿了，说不定已经到河对岸了。"

我不禁打了一个冷战，我们怎么能不管它们呢？"它俩离这儿比想象中近得多，说不好现在正冲着树上的浣熊叫呢！由于风大，咱们听不见。再往前走点吧——"我央求着。

四周静静的，没有一个人应答，也没有人离开遮风挡雪的大树，往前迈出半步。

我走出几步，说："我带头！你们过来吧！"

"比利，怎么可能找到它们呢？"爸爸说，"咱们看不见，又听不见，还是返回营地吧！"

"我也觉得应该回去。"裁判说。

他们话音刚落，我便大喊道："这样的暴风雪我见多了！我从没把老丹和小安丢在树林里不管不问过，现在又怎么能撇下它们呢？哪怕只有我一个人，我也要把它们找回来。"

没有一个人应答。

"往前走一点吧！"我哀求着，"咱们一定会听到叫声的。"

依然无人回应，也没有人往前迈一步。

我走到爸爸身边，脸贴在他破旧的方格外套上，哽咽着，求他不要返回营地。

他轻轻地拍着我的脑袋，说道："比利，大风雪会冻死人的。老丹和小安也会放弃追逐，回到帐篷里。"

"我就是担心这个！"我哭着说，"它们不会回去的。爸爸，它们不会的。小安有可能回去，而老丹决不会。它就是死，也不会放掉躲在树上的浣熊。"

爸爸犹豫了一会儿，随后往前走了几步，对爷爷和裁判说："我和比利一起去。你们俩去吗？"

没等他们回答，他便转过身，跟我一起往前走去。爷爷和裁判跟在了后面。

那时地上已是薄薄的一层白了。大家一步一滑。爷爷不停地小声嚷嚷着什么。大风卷着雪粒，仿佛成百上千根绣花针扎在身上，疼得厉害。狂风咆哮着，呻吟着，吹过树梢，吹过丛林……

暴风雪停下的间隙，我仿佛听到了猎犬的叫声。我告诉爸爸，刚才听见了老丹的声音。

"哪个方向？"他问。

"那儿！"我伸手指着左方。

大家继续挪动着脚步。几分钟后，爸爸停了下来。他大声问爷爷："您听到声响了吗？"

"没听见！"爷爷放开嗓门说，"风雪这么大，我什么都没听见。"

"我好像听到了，但不敢确定。"裁判说。

"声音从哪个方向传过来的？"爸爸问。

"那个方向！"裁判指着右方说。

"我也觉得是从右方传来的。"爸爸说。

就在这时，空地上传来了老丹深沉的叫声。

"听起来似乎离咱们很近啊！"爷爷说。

"咱们分开找吧！"裁判说，"这样总会有人找到的。"

"不行！"爸爸说，"风雪这么大，分开后很容易迷失方向。"

"我也觉得它俩在右侧。"我说。

"跟我的判断一样。"爸爸说。

我们吃力地挪动着脚步。老丹又叫了起来，叫声飘荡在整个河谷。

"大风把猎犬的叫声吹散了。"裁判说，"如果能找到它俩，咱们就是交好运了。"

爸爸顶着呼呼的狂风，大声喊道："不能再走下去了，不然非冻死不可！"

大家慢慢泄了气。我感觉一团黏糊糊的东西爬上了喉咙，咸咸的泪水在睫毛上结了冰。我跪下来，耳朵紧紧地贴着地面，希望捕捉到猎犬的声音，但除了呼呼的狂风，什么都听不到。

我站起来，吃力地望望这儿，又瞧瞧那儿，除了一堵打着旋儿的雪花砌成的白墙，别的什么都看不见。我闭上眼睛，默默地祈祷，希望奇迹出现。

忽然，旁边传来咔嚓一声巨响。一根粗大的树枝被狂风扯断了，掉在地上。我脑子里猛然间涌起一个念头。我放开嗓门喊着爸爸："爸爸，开枪！如果猎犬听得见的话，说不好小安会跑过来。"

爸爸丝毫没有犹豫，将猎枪高高地举过头顶，扣动了扳机。砰的一声枪响，回荡在茫茫的风雪中。

大家静静地等待着。

当希望即将破灭，我们就要陷入绝望的低谷时，小安从白墙中冒了出来。我跪下，把它紧紧地搂在怀里。

我从口袋里掏出绳索，系在了小安的项圈上，轻轻地说："安，把老丹找回来，快！"

那一刻，浣熊、奖杯等等都被我抛到了九霄云外。我唯一惦念的是我那两只可爱的猎犬。

我不知道小安是如何做到的。它迎着风雪，领着大家前行，偶尔会停下脚步，四处张望。我心里清楚，小安什么也闻不到，什么也看不见，引导它前进的只是直觉。我们沿着它曲折的脚印，跟在后面。

它离开河谷，把我们领到一片茂密的丛林里。粗大的枝丫遮住了暴风雪，呼呼的狂风似乎小了很多。高大的树木仿佛恶鬼，隐隐约约地现出影子。我们一走一滑，吃力地前进。

爷爷大声喊道："等等！让我喘口气。"

大家停下了脚步。

"小安知道自己在做什么吗？"裁判问，"咱们是不是一直在兜圈子啊？"

爸爸看着我说："我希望它知道自己在做什么。这片丛林蜿蜒曲折，有十几公里长。要是在这儿迷失了方向，咱们就完了。"

爷爷说："咱们走得太远了吧！上次听见老丹的叫声时，它离我们似乎很近啊！"

"那是大风的缘故，它把声音吹过去了。"我说。

裁判大声说："伙计们，没有哪只猎犬抵得过三个大人的性命。咱们还是聪明点，趁现在还走得动，赶紧离开这儿。如果一直在这片丛林里绕来绕去，会被冻死的。这场大风雪没有减弱的迹象啊！"

河谷中茂密的树林里，暴风雪呼呼地吹着。两根硕大的树枝被狂风掰了下来，发出清脆的咔嚓声。周围细长的藤条使劲摇摆，嘎吱作响。

大家都沉默了。裁判冷冰冰的话影响了爸爸和爷爷。他们已经放弃了。我心头最后一丝希望破灭了。

我跪在地上，紧紧地搂着小安。它湿漉漉的舌头舔舐着我的耳朵，传来一股股热乎乎的气流。我闭上眼睛说："丹，你再叫一声吧，再叫一声吧！"

我静静地等待着回音。

北风呼呼地吹着，似乎在嘲笑我们。周围，高挑的藤条和着利刃般的寒风，不停地摆动、跳跃……

爸爸顶着狂风大声说话，但他的声音被淹没了。另一阵狂风正要吹起的时候,老丹叫了起来,声音清晰,仿佛雾蒙蒙的大海上发出的警报,无论是呼呼的狂风还是嗖嗖作响的藤条,都黯然失色。

我跳起来,心脏咚咚地跳个不停,喉咙里仿佛塞了一个苹果。我试着喊出声,但叫不出来!小安汪汪地叫,使劲拽着绳索。

方向不会错。我知道,小安从来没有犯过错。它像离弦的箭一般,领着大家朝老丹所在的方向奔去。

老丹被困在了一条深沟里。我滑下河岸,冲到它身边。它的背上盖着一层雪花,已经结了冰,胡须也冻在了一起,仿佛豪猪坚硬的毛发一样挺立着。

我小心翼翼地抠下它脚趾间的冰碴和身上的冰块。小安走过来,伸出舌头舔舐着老丹的脸。老丹却猛地从我怀中挣开,跑到一棵大树下,抬起前爪,汪汪地号叫。

岸上传来了喊声。我抬起头,隐约看见爸爸和裁判穿梭在飞舞的雪花中。我抓住一根悬在旁边的细长藤条,纵身上了岸。

爸爸冲我大声喊道:"爷爷出事了!"

他转身对裁判说:"他一直跟在你后面。你最后一次看见他是什么时候?"

"我也不清楚,"裁判说,"好像是咱们听见猎犬叫声的那个地方!"

"难道你没听到什么吗？"爸爸问。

"听到什么！"裁判尖叫着，"风雪这么大，我怎么可能听得见呢！我以为他会一直跟着咱们，不会走失的。"

我控制不住泪水。爷爷迷失在了那片白茫茫的藤丛里。我一边大叫，一边往回跑。

爸爸抓住我，大声说："不能这样！"

我试着挣脱爸爸的手，但他却紧紧地攥着我的胳膊，不肯放开。

"开枪试试！"裁判说。

爸爸开了一枪又一枪，却始终没有回应。

小安从深沟里爬上来，静静地站在旁边望着我。忽然，它转过身，飞快地消失在茂密的藤丛中。几分钟之后，林中传来悠长又悲痛的哀号。

小安以前也这样呜呜地叫过，那是在奥沙克山区皎洁的月光下，或者有人在它身边玩小提琴之类的乐器时。小安一直叫。大家来到它身边，它才停下。

爷爷趴在地上，一动也不动，脸紧贴着冰冷的雪地，右脚被一根断裂的树杈卡住了。他痛得失去了知觉。

爸爸轻轻地将树杈移开，扶着爷爷转过身。我坐下来，把爷爷的头放在我的腿上。爸爸和裁判给爷爷按摩的时候，我擦拭着爷爷脸上的雪……

我把脸紧紧地贴在爷爷灰色的头发上，一边哭一边祈求上帝保佑爷爷。

"我觉得他不行了！"裁判说。

"我不这么觉得，"爸爸说，"他被树枝卡住后，重重地摔了一跤，但是他刚摔倒不久，还不至于冻死，现在只是失去知觉罢了。"

爸爸将爷爷扶好坐正，裁判在爷爷脸上拍了几下，爷爷呻吟着晃了晃脑袋。

"他醒啦！"爸爸说。

"咱们是不是把爷爷抬到老丹那儿呢，那儿风小，可以生一堆篝火。"我说。

"那个地方不错，"爸爸说，"生了篝火之后，我们中的一个人可以去营地求救。"

爸爸和裁判手握着手，搭成"椅子"，让爷爷坐了上去。

大家来到沟边，爷爷完全恢复了知觉，小声嘟囔着什么。他不明白为什么大家像抬个婴儿一样抬他。

大家在沟里生起了一堆篝火。爸爸拿出匕首，将爷爷的靴子从肿胀的脚上切下来。爷爷不时发出痛苦的呻吟。我心里的愧疚之情油然而生，傻傻地站在旁边看，什么忙也帮不上。

爸爸将爷爷的脚仔细地检查了一遍后，摇摇头说："不好！脚伤得很重啊，即使不是骨折也是严重扭伤。我去找人帮忙。"

爷爷说："等一会儿再去吧！我不想让你一个人迎着大风雪回去求援。出现意外怎么办？没人会知道的。"

"现在几点了？"爸爸问。

裁判看了看表说："快五点了。"

"天就要亮了。"爷爷说，"如果天亮以后再赶回去，你就不会迷失方向。我想把腿靠在边上，帮我一把吧！我一会儿就好了，现在脚麻了。"

"爷爷说得没错。"裁判说。

"您能受得了吗？"爸爸问。

爷爷大声嚷嚷："绝对没问题，不就是脚扭伤了嘛，又不会闹出人命。把火生大些！"

爸爸和裁判忙着照顾爷爷的时候，我往火堆中添了几块木头。

"你们站在这儿呆呆地望着我有什么用呢？"爷爷说，"我现在好多了。快把浣熊抓出来吧！这才是咱们来这儿的目的啊！"

如果爷爷不提，我们早就把浣熊的事忘得干干净净了。

那棵树离篝火大约十米远。大家走过去，仔细地看。老丹和小安看见大家终于开始关注它俩，便开始绕着树汪汪地叫起来。

爸爸说："这哪里是什么树，只是一根干枯的槭木桩而已，上面连根枝条也没有。"

"我连个浣熊的影儿都没看到，"裁判说，"这木桩一定是空的。"

爸爸抡起斧头，敲了几下，木桩哪哪响了起来。"你说得没错，一根空心的木桩！"

爸爸往后退了几步，在冰滑的地面上跺了几下，以便站稳，然后他大声说："往后退！往后退！看好猎犬——我准备砍倒它。篝火不是需要木柴嘛。"

我蹲在老丹和小安中间，紧紧地攥着它们的项圈。

随着沉重的斧头一次次落下，木桩吱吱呀呀地往旁边倾斜。爸爸放下斧头，对裁判说："过来帮我一把！现在咱俩能把它扳倒了。"

一番艰苦的较量之后，木桩倒下了。

我放开了猎犬。

木桩砰的一声倒在地上，摔成两截。我站在原地，睁大眼睛，看到三只大浣熊从里面窜了出来。其中一只从我们和篝火之间的空地跃过，拼命往深沟外跑去，老丹扑上去，战斗开始了。另外一只冲向深沟，小安追了过去。

爷爷大吼一声，离他不远的地方，老丹和浣熊正在搏杀。爷爷拿起帽子，一边喊一边拍打着地面。爸爸和裁判跑了过去。

最后一只浣熊沿着旁边陡峭的河岸一直往上跑。快要爬上岸的时候，它在冰冷的烂泥中滑了一跤，滚下来了。我抡起一根木棒朝它掷去。它龇着牙，咆哮着向我冲来，我拔腿就跑。没跑几步，我回头一看，它又往岸上爬去。这一回，浣熊成功地爬了上去，随后消失在茂密的藤丛里。

小安发出一阵阵痛苦的叫声。我急忙转过身看。浣熊将它推翻在地，骑在它的脖子上，使劲地抓啊，挠啊……小安无法甩掉浣熊。我赶忙从地上捡起一根木棒，跑过去帮它。

浣熊被杀死之前，老丹凶猛地冲了过来。我们静静地站着，睁大眼睛看着眼前的搏斗。浣熊断气后，大家一起回到了篝火旁。

"那根破木桩里藏了几只浣熊呢？"爸爸问。

"我看到了三只。有一只往那个方向逃跑了。"我手指着浣熊逃跑的方向。

我千不该万不该伸手指过去。老丹和小安肩并肩，吼叫着冲上了陡峭的河岸。我大声呼唤、呵斥，但又有什么用呢？它们慢慢地消失在沙沙作响的藤丛中。

大家静静地站着，竖起耳朵，倾听它们的叫声。声音渐渐被咆哮的暴风雪淹没。我靠着篝火坐下来，脸埋在臂弯里，呜呜地哭了。

我听见裁判对爸爸说："这么稀奇的事我还是第一次碰到。他只不过伸了一下手指而已，它们竟然就冲了过去。我还从来没见过这样的事。世上怎么会有这么聪明的猎犬呢？如果是牧羊犬或者其他种类的聪明猎犬也就罢了，可它们只不过是两只浣熊猎犬，平时捉捉浣熊而已！"

爸爸说："没错，我明白你的意思。我也亲眼见过让人难以理解的事。我这辈子都没听说过只喜欢一个主人的狗，它们俩却让我大开眼界。除了比利，老丹和小安不会跟着任何人打猎，连我都不行！你说怪不怪？"

爷爷在叫我。我走过去，坐在他身边。他把胳膊搭在我肩上，说："你大可不必担心它们俩。不会有事的！天马上要亮了。到时候你可以去找它们。"

我说："我知道。但是，如果浣熊过了河呢？它俩也会跟着游过去，毛湿了之后会冻死的。"

"咱们只能等着，往好的方面想。"他说，"赶快打起精神，别再哭了。你得像个浣熊猎人的样子。你没看见我哭鼻子抹眼泪吧，这只破脚可是疼得我直哆嗦啊！"

和爷爷聊了一会儿，我感觉好多了。

"过来一起剥这两只浣熊的皮吧！"爸爸说。

我站起身，走过去帮他。

两张浣熊皮剥下来之后，我忽然有了一个想法。我将一张皮举到篝火边，不大一会儿它便被烤得暖乎乎的。我把它裹在了爷爷的伤脚上。爷爷笑呵呵地说："孩子，感觉很舒服啊！另一张也烤烤吧！"

就这样，我们慢慢地熬到了天亮。

18

天亮的时候，大风的最后一声怒吼停息了。天下起了大雪。野藤丛里一片沉寂。

河谷上方茂密的树林里，树枝已结了冰，不时发出嘎吱声。经过呼啸的一夜，野藤条上压着沉甸甸的雪粒，低头弯腰，疲倦至极。

我从深沟里爬出来，希望捕捉到老丹和小安的叫声，却什么也没有听见。我正要往回走，隐约听到了什么。我静静地站住，那声音又传来了。

爸爸看着我问："你听到猎犬的叫声了吗？"

"没！没听见。"我说，"但是我听到了别的声音。"

"什么声音？"他问。

"好像有人在呼喊。"我说。

爸爸和裁判匆匆爬上岸。声音又响起来，是从不同的方向传来的。

"我第一次听见的时候，它是从那儿传来的。"我用手指着一个方向说。

"是营地的人！"裁判说，"他们找咱们来啦。"

我们也放开喉咙喊起来。应答的声音从四面八方飘来。第一个来到我们跟前的是凯尔先生。他一脸倦色，问道："都还好吗？"

"我们还好，"爸爸说，"只是老人家的脚摔坏了，看样子咱们要把他扛回去了。"

"你们的马挣开缰绳跑了，半夜回到了营地。"凯尔说，"大家都吓坏了，觉得一定发生了不好的事。从那时起，营地上的人就一直在找你们。"

几个人爬下沟，走到爷爷身边，查看他的脚。其中一个人说："这不是骨折，只是扭伤了。"

"您很幸运啊！"另一个人说，"查利·莱斯曼可是得克萨斯州大名鼎鼎的医生。他就在营地上，用不了几分钟就能给您包扎好。"

"你说得没错。"有人接过话，"如果我没猜错的话，他应该把小药箱带到了营地。"

有人说："那个养着两只棕黑色猎犬的莱斯曼是医生？"

"没错，就是他。"另一个人答道，"他的名气可不小！"

"你的猎犬呢？"凯尔先生问。

"它俩跑出去追浣熊了。"我说。

238

"你说什么？"他问。

爸爸向大家讲述了事情的经过。

凯尔先生瞪大眼说："这么大的风雪，它们把浣熊追到树上，然后一直守在下面，这是真的吗？"

我点了点头。

他看着我说："孩子，我希望它们能抓到那只浣熊，只有抓住了它，你才能赢得奖杯。因为另一组猎犬在风暴来临之前，已经抓了三只浣熊。"

裁判提高嗓门说："我认为，这两只小家伙知道必须再追回一只浣熊才能帮小主人赢得奖杯。如果你们亲眼见到了它们做的事，也会这么认为的。"

一个人走到破木桩旁，说道："这儿藏了三只浣熊——你们快看！木桩上还残留着叶子和杂草。"

几个人走了过去。我听见有人说："你们还记得红河谷那次大赛吗？两只小猎犬从一根破旧的空树桩里追出了四只浣熊，它们获得了冠军。"

"当时我不在场，但是我读过报纸上的报道。"一个人说。

"啊，班森不见了！"凯尔先生说。

大家彼此看了看。

"他一直沿下游找，比咱们走得远！"有个人说，"或许他没听见咱们刚才的呼喊声。"

他们走出深沟，大喊起来。远处传来回应。

"他听见咱们的声音了！"一个人说，"正往这儿走呢。"

大家如释重负。

班森先生来到了深沟旁边，吃力地喘着气，似乎刚刚结束长跑。

"看到它们时，我吓了一跳。"他说，"我不知道那到底是什么，看起来像是鬼。我这辈子都没见过那样的东西！"

一位猎人抓住班森先生的肩膀，使劲摇晃了几下。"伙计，清醒清醒！你在说什么呀？"

班森先生深深地吸了一口气，镇静下来，随后用平静的口吻说："那两只猎犬，我找到了，它俩冻僵了，从头到尾都裹着一层白白的雪花。"

听到班森先生的话，我痛苦地叫喊着，冲到爸爸怀里，感到天旋地转。我感觉自己像一根羽毛一样轻，两腿发软，随后发生的事就不记得了。

我恢复知觉后，睁开眼睛，隐约看见周围有朦胧的身影。一只手摇晃着我，我听见了爸爸的声音，却不知道他在说什么。视线渐渐清晰，我喉咙干燥，口渴得厉害，于是要了些水喝。

班森先生走了过来，说："孩子，对不起，真对不起！我刚才在开玩笑，你的猎犬好好的。可能是我太兴奋了，对不起……"

我听见一个沉重的嗓音说："你的玩笑开得太离谱了，

匆匆忙忙跑回来，张口就说两只猎犬冻僵了。"

班森先生说："我又不是故意的，再说了，我刚才已经说过对不起了，你还想让我怎么样？"

那沉重的声音又哼哼起来："我还是认为，开这样的玩笑很过分。"

凯尔先生说："好啦，好啦，别再争论这个了。咱们还有其他的事要做呢。大家往这儿一站，好像一群无忧无虑的孩子，老人家可是一直痛苦地躺在那儿啊。你们几个去砍两根树枝，做个担架将老人抬回去。"

他们去砍树枝的时候，爸爸又烤了烤浣熊皮，重新包住爷爷的脚。

大家解下皮带和鞋带，把树枝绑在一起，做成了一副担架，然后轻轻地将爷爷扶到上面。

凯尔先生又下命令说："几个人跟着他们回营地，另外的人去找猎犬。"

"你拿着枪吧！"爸爸说，"我跟着爷爷回去。"

凯尔先生对我说："孩子，快走吧！我想看看你的猎犬哦。"

班森先生走在前头带路。"咱们一走出这片野藤林，"他说，"就可以听见它俩的叫声了。它俩把浣熊追到了一棵大树上。你们马上就会看到一番奇景的。听好啦——我说的可是一番奇景。它俩已经在树下绕了好一会儿圈子，冰雪都被踩化了。"

"它们为什么那么做？"一个人问。

"我也不知道，"班森先生说，"它们是不是怕被冻死才不停地绕圈子呢？还是想把浣熊一直困在树上？"

我心里明白老丹和小安为什么一直绕圈子。那只狡猾的浣熊或许来来回回地在河里穿梭了好几次，它俩紧紧地跟在后面，从水里爬上来的时候，浑身都湿透了。刺骨的寒风使它们全身结了冰，它们必须不停绕圈子才能不被冻死。

快到树下时，我们停住脚步，环顾四周。

"你们见过这样的事吗？"班森问，"我第一眼看到的时候，还以为它们是白狼呢！"

大家走上前去，两只小猎犬并没有看见我们，依然在不停地绕来绕去。正如班森刚才所说，它俩已经在冰雪里踩出了一条小路，光秃秃的黑土看得清清楚楚。老丹和小安仿佛苍白的鬼影，不停地走来走去。

有人低声说："它们知道，停下来就会被冻死。"

"太不可思议啦！"凯尔先生说，"快走吧！咱们得赶紧做点什么。"

我哽咽着向它们跑去。

它们听到我们的脚步声，便坐在地上，对着树上的浣熊汪汪叫。我发现它们的叫声失去了往日的穿透力。它们的尾巴上覆着一层冰，哗啦哗啦地拍打着地面。

我们生了一大堆火。老丹和小安挪到暖和的火堆旁边，猎人们轻轻地将热乎乎的围巾包在它们身上，冰慢慢地融化了。

"它俩要是躺在地上，"一个人说，"早就冻死了。"

"它们知道这个，"另一个人说，"所以才不停地跑啊！"

"我不理解的是它们怎么能一直待在树下，"班森先生说，"在树下守一会儿的狗，我见过不少，然而，风雪中这么坚持的，我还从来没见过。"

"伙计们，"凯尔说，"人们一直想了解狗这种动物，谁都不知道它们能做出什么事。报纸上每天都在报道狗救了溺水儿童，或者为主人献出了生命之类的故事。有些人认为这是忠诚，我却不这样认为，我觉得这是爱——世上最诚挚的爱。"

他说完之后，大家都陷入了沉思。我的情绪被深沟里传来的深沉的号叫声扰乱了。

"人类心里没有爱，真是一件羞耻的事。"他说，"有了爱，世上便不会有战争、屠杀，也不会有贪婪、自私。一个充满爱的美好世界才是上帝希望看到的。"

猎犬身上的冰全部融化了，毛发也干了，它俩恢复了往日的样子。我又高兴起来。

一位猎人说："它们现在可以与浣熊搏斗了吗？"

"当然啦！尽管把浣熊赶下树吧。"我说。

随着砰的一声枪响，浣熊逃到了粗大的枝头上。猎人又开了一枪，浣熊才跳到地上。

老丹纵身扑了过去。浣熊跃起来，骑在老丹的头上，伸出爪子，将老丹死死地按住，锋利的牙齿扎进了老丹长长的耳朵。老丹愤怒了，它不停地绕着圈，痛苦地号叫。

小安拼命想抓住浣熊，却总不能成功。由于移动的速度太快，老丹脚一打滑，倒在了地上。这给了小安一个机会。它伸出爪子，紧紧地抠住浣熊的脖子。我心里明白，战斗结束了。

回到营地时，我发现所有的帐篷都拆除了，只有我们的还立在原地。一位猎人说："大家急着赶在下一场暴风雪来临之前离开这儿。"

爸爸让我把老丹和小安带到帐篷里，爷爷想看一看它们。

爷爷与它俩说话的时候，眼里充满了泪水。他的脚踝上包着厚厚的绷带，脚肿成了往日的两倍，皮肤变成了淡淡的黄绿色。我把手放在爷爷的脚上，感觉到一股灼热。

莱斯曼医生走了过来。"你们要走了吗？"他问。

爷爷哼哼着说："我刚才告诉过你，除非亲眼看见奖杯递到这孩子手里，要不然我哪儿也不会去。"

莱斯曼转身对着大家说："朋友们，咱们快点结束吧。

我要把这个老头运到城里。这是我见过的最为严重的扭伤，必须得打石膏，可我一点石膏都没带。”

先前那位来我们帐篷收钱的猎人走到我身边。他将一个盒子递给我，说："孩子，这是给你的。盒子里有三百多美元，全部归你啦。"

他转身对着大家说："伙计们，我在这次比赛中见到了两只最可爱的浣熊猎犬。我的梦想实现啦！"

人群中爆发出一阵阵掌声。

我低下头，看见盒子里装满了纸币。我浑身颤抖起来，想大声说"谢谢"，声音却小得像只蚊子。我转过身，将盒子递给爸爸。爸爸用粗糙的双手抱住它，脸上露出了惊讶的表情。他转过身，望着老丹和小安。

这时，有人大声喊："来啦！来啦！"

人群中闪出一条小道，裁判走了过来。我看见他手里拿着金光闪闪的奖杯。

简短的致辞后，他把奖杯送到我手上，说："小伙子，我真为你感到骄傲。为你颁发这个冠军金奖杯，是我莫大的荣幸。"

人群喧闹起来，猎人们的喝彩声如雷鸣一般。

我眼中涌出两行热泪，情不自禁地哭了起来。一颗泪珠落在光滑的金奖杯上，我赶忙用袖子擦掉。

我转过身，在猎犬身边蹲下，把金奖杯拿给它们看。

小安舔了舔，老丹嗅了嗅，头便扭开了。

裁判说："孩子，俄克拉荷马州有个地方能将你这两只猎犬的名字刻在奖杯上。我可以把奖杯带到俄克拉荷马，帮你完成这件事。你也可以亲自跑一趟，狩猎协会已经付了相关的费用。"

我望着奖杯，闪闪发光的奖杯表面好似映射出一双大大的蓝眼睛，正紧贴着窗户向外望。我知道那是小妹妹眼巴巴地望着门前的大路，盼着我们回家。我对裁判说："如果您不介意的话，我想把奖杯带在身边，到时候爷爷可以帮我把奖杯寄到俄克拉荷马。"

裁判笑了。"好吧，"他递给我一张名片，"这是地址，到时候把奖杯送到这个地方就行了。"

"既然事情已经敲定了，我也该出发去镇上了。"爷爷转向爸爸，"你得帮我把马车赶回家，还得照顾好我的牲口。我想奶奶一定会跟着我去镇上，所以到时候就没人喂它们了。把比尔·罗瑞请过去，帮我照看一下杂货店。店门钥匙就放在老地方。"

"我们会料理好一切的，"爸爸说，"您什么都别担心。我不会在路上耽搁时间，天气看起来更糟了。"

我走到爷爷跟前，亲了亲他，向他道别。他捏捏我的脸蛋，悄声说："咱们要让这些城里人知道，他们是不可能打败咱们的猎犬的。"

听了爷爷的话，我笑了。

大家将爷爷抬出去，安置在莱斯曼医生的车厢后座上。车突突地颠簸着离开，渐渐驶出我的视线。

爸爸说："我给马车套上鞍，你去把帐篷收起来，然后把我们的东西打好包。"

我在马车车厢里铺了一张床，然后在床下给狗弄了一个舒服的窝。

整个晚上我们一直忙着赶路，马车轮子嘎吱作响。夜里我醒了好几次，每次都探身摸摸我的猎犬，它们舒舒服服地躺在暖和的窝里，睡得正香呢。

第二天一大早，我们停下马车，吃了点早饭。爸爸查看了一下马车，我解开两只猎犬，让它们舒展舒展筋骨。

"昨天晚上赶路赶得急，"爸爸说，"如果一切顺利的话，天黑之前我们就能到家啦。"

中午时分，我们抵达了爷爷的杂货店。爸爸对我说："我把马赶到棚里，喂喂这些辛苦的家伙，你去卸东西吧。"爸爸喂好牲口，从牛棚里走出来，对我说："明天早上我要去找比尔·罗瑞，请他过来看店。"接着他望了望周围，"这里的雪比前几天狩猎的地方下得还厚。"

我觉得自己是个大人物了，应该受到重视，于是郑重其事地说："我不喜欢这样的天气，咱们还是快点回家吧。"

爸爸大笑起来，问我："你是想赶紧回家炫耀一下奖杯吧？"

我不好意思地笑了。

我们继续赶路。离家不到两百米的时候，道路拐了个弯，所以虽然离家很近，却连个人影也看不到。

爸爸说："转过这个弯，你就会看到妹妹们挤成一团，在门口等着你呢。"

果然，妹妹们争先恐后地向我们跑来。小妹妹跑在最前面，出门时差点撞破纱门。两个年龄稍大的妹妹很快超过了她。小妹妹慌张之下，脚下一滑，一头栽在雪地里，哇哇哭起来。

两个大妹妹跑过来讨要奖杯。

我将奖杯高高地举过头顶，说："先别急，等一下，我给你们俩单独准备了奖杯。"我拿出小银杯给了她们。

趁她们抢夺银杯的时候，我跑到小妹妹面前，将她扶起来，拍了拍她沾满雪花的长长的麻花辫和泪涔涔的小脸。我告诉她不要哭，金奖杯是特意留给她的，谁也拿不到。

她伸出两只小手夺过金奖杯，紧紧地抱在怀里，然后跑着去找妈妈了。

这时，妈妈从屋里走了出来，站在门廊上，看起来跟妹妹们一样激动。妈妈伸出双臂，我跑过去跟她拥抱在一起。妈妈亲了我几下。

"你终于回来啦，真好！"她说。

"妈妈，看我得到了什么！"小妹妹大叫着，"这是我一个人的哦。"

小妹妹伸出两只小手，高举着金奖杯给妈妈看。

妈妈接过金奖杯，看着我，正要开口说话，这时另外两个妹妹叫了起来。

"妈妈，我们也有一个奖杯，"她们高声说，"这个奖杯跟那个一样漂亮。"

"你们那个根本就没我的漂亮，"小妹妹尖声反驳，"还没我这个大。"

"两个奖杯！"妈妈兴奋地大叫，"你赢了两个？"

"是的，妈妈，"我说，"那个银杯是小安赢的。"

妈妈一脸欣慰，我真为小安感到高兴。

"两个奖杯！"她说，"一个金奖杯，一个银奖杯。谁会想到这么好的事竟然发生在了咱们身上。我真的很高兴！真的！"

妈妈把奖杯还给妹妹，向爸爸走去。她吻了吻爸爸，说："我真的不敢相信。你能陪比利去参加比赛我很高兴。玩得开心吗？"

爸爸笑了，几乎要喊起来："开心吗？当然开心！我还从没有过这样精彩的经历。"

爸爸的声音很快又恢复了平静，他说："一切都很顺利，除了一件事。爷爷出了意外，摔得不轻。"

"我已经知道了，"妈妈说，"爷爷坐车路过杂货店时，汤姆·罗根家的孩子正好在那儿。汤姆跟我讲了事情的经过。医生说伤势没那么严重，爷爷过几天就可以回家了。"

听到这个消息，我很欣慰。爸爸的表情告诉我，他也很放心。

我们回到屋里，爸爸叫道："啊，我差点忘了。"说完，他把装钱的盒子递给了妈妈。

"这是什么？"妈妈问。

"嗯，没什么，这是老丹和小安送给咱们的一份小小礼物。"爸爸说。

妈妈打开了盒子。我看到她脸色发白，双手颤抖。她转过身，将盒子放在了壁炉架上。整个房间陷入一片安静，只有钟表滴答滴答地走着，壁炉里的柴火噼里啪啦地燃烧着。

妈妈转过身，一言不发地看着我们。她紧闭的双唇微微颤抖。随后，她缓缓地向爸爸走去，靠在他的胸口。我听到妈妈说："感谢上帝，我的祈祷终于实现了。"

那天晚上，家里举行了庆祝活动，这对我来说，仿佛过圣诞节一样美好。

妈妈开了一罐蓝莓，做了一个大大的水果馅饼。爸爸到熏肉房切了一块腌好的火腿。晚饭有大盘大盘的炸土豆、火腿汤、玉米面包、新鲜的黄油，还有野蜂蜜。这简直是一场盛宴！

吃饭时，我们给大家讲了大赛的经过，大多数时候都是我一个人在说，爸爸时不时地插几句。

其乐融融的气氛忽然被两个大些的妹妹打破了。她们俩都想将银杯据为己有，商量着把银杯锯成两半，这样每个人都能得到一半了。爸爸给了大妹妹一个硬币，这才平息了战争。

那晚我正要上床睡觉时，看到烛光从窗前闪过。我感到很好奇，便蹑手蹑脚来到窗前，透过玻璃往外看。是妈妈！她拿着我的提灯，捧着两个堆满了食物的大盘子，向狗屋走去。她把提灯放在狗屋前，唤着猎犬。老丹和小安吃食的时候，妈妈做出了让人难以理解的举动：她跪下来，开始祈祷。

两只猎犬吃完了东西，妈妈轻轻地拍着它们。我听不清妈妈说了什么话，但是很显然，妈妈的话让它们很高兴，小安开心地扭动着身子，就连老丹也在不断地甩着长长的红尾巴，这在平时可是很少见的。

爸爸走出来，抱住妈妈，把她扶起来。他们肩并肩地在那儿站了几分钟，看着猎犬。妈妈转身回屋的时候，用围裙抹了抹眼睛。

我躺在床上，一心想弄明白爸爸妈妈反常的举动。为什么妈妈在老丹和小安面前跪下来祈祷呢？她又为什么要抹眼泪呢?

正当我绞尽脑汁地想着这些问题时,我听到了爸爸妈妈的对话。

"我知道,"爸爸说,"但是总有办法解决的。我打算去跟爷爷谈谈。他那年迈的脚不可能恢复到以前的模样了,他需要有人帮忙打理杂货店。"

我知道他们在说我,但到底是什么意思呢?最后我想明白了:他们打算让我去给爷爷帮忙,应该是这样吧。这对我来说没什么,反正不会耽误晚上出去打猎。

弄明白了爸爸妈妈的谈话,我自以为很聪明,便翻了个身,很快进入了梦乡。

19

　　赢得奖杯和奖金对我来说是件人生大事，但并没有影响我捕猎。每天晚上我依旧会跑出去追捕浣熊。

　　三周以来，我一直在河谷一带艰难地搜寻。一天晚上，我决定重回飓风林。刚到狩猎区，老丹和小安就嗅到了猎物。老丹首先冲了出去。

　　两只猎犬从山脊追到深谷，随后又从山谷的另一边往上冲。跑到一块平地上后，它们兵分两路，继续追逐。它们持续不断的叫声告诉我，这是一场激烈的追捕。猎物被堵到树上后又跑了，两只猎犬穷追不舍，这样进行了三个回合。

　　每次猎物被堵到树上后，只要我一靠近，它便会纵身一跃跑掉，老丹和小安就会继续追。追了一会儿后，我感觉它不是浣熊，而是一只山猫。

　　我一直没让老丹和小安碰过这种动物，因为它们的皮毛质量不高。老丹和小安完全可以置山猫于死地，但是我觉得这样做徒劳无功。弄死一只山猫，不过是除掉了一只凶狠的肉食动物，没有其他任何好处。

老丹和小安第四次把山猫追到树上时，已经跑到了山顶。一番追逐后，我发现山猫已经气喘吁吁，这次一定待在树上跑不了了。我急忙冲过去。

我快到树旁时，小安跑了过来。它抬起前腿，呜呜地哀叫。似乎发生了不好的事。我停下脚步，借着月光，隐约看见老丹蹲坐在地上，对着树汪汪大叫。

那是一棵白橡树，树上挂着很多枯叶。白橡树是山里最后落叶的树种。

老丹不断地叫着，声音低沉。忽然，它做出了一个之前从未有过的举动——它不叫了。山里一阵沉寂。我的目光从树上转到老丹身上。它的嘴唇向外翻，龇着牙，对着黑洞洞的树叶发出低沉的咕噜声，牙齿在月色下泛着白光，脖子上、背上的毛都竖了起来。

我被老丹的样子吓坏了，想唤回它，离开这个地方。我喊了两声，老丹没有动静。它不肯离开那棵橡树。它的身体里流动着猎犬的血液，那颗英勇作战的心从来不会感到恐惧。

我放下提灯，握紧斧头，慢慢地靠近老丹，想抓住它的项圈。我一边往前挪动着双脚，一边盯着树上。小安跟在旁边，也紧紧地盯着橡树。

忽然，我看到了那只动物——一对亮闪闪的黄眼珠从影影绰绰的树叶背后盯着我。我吓呆了，不禁停下脚步。

这时，老丹停止了低吼，山林又一次被沉寂包围。

我向着那双一眨不眨的眼睛望去。

树上有一大团身影，想必那动物的个头不小。它伏在一根粗大的树枝上，离树干很近。它挪动的时候，刀片般锋利的爪子抓得树皮咔嚓作响。这时，它起身从树影中走了出来，向树干爬去。它走到月光下时，我看清了它的模样。我知道了，这是奥沙克地区一种被称作山狮的家伙。

老丹的一声长吼打破了群山的寂静。这吼叫与往日不同，我以前从没听到过。深沉的吼叫声穿越了一座座山峰，响亮而又清晰，在雾蒙蒙的夜晚慢慢传开来，传遍了平地，响彻了山谷，回荡在山崖间，如同一个迷失的灵魂在哭喊。老丹以此向山狮发出了挑战。

山狮一声低吼，咆哮起来。我见它蹲了下来，便知道它要做什么。我双手紧握斧头的桦木手柄，手心冒着汗。忽然，树上传来一声令人毛骨悚然的尖叫，山狮张开爪子，露出尖尖的黄牙，模样极其恐怖。

老丹没有观望。它弹起后腿，纵身一跃，撞上了从树上跳下的山狮。山狮的身体重重地砸中老丹，老丹跌落在地，滚出好远，最后被一棵倒下的树挡住了。

猛烈的撞击使山狮失去了平衡，也跌落在地。这时，小安忽然朝山狮冲过去。我听到毛皮被撕裂的声音，小安的利爪险些抠进山狮的喉咙。

山狮发出一声痛苦的哀号，愤怒地翻了个身，将小安拖了下来，抬起右爪就向小安的肩膀抓去。它的爪子紧绷着，如利刃一样，砍进了小安的肩膀，抓出一个深深的伤口。小安尖叫一声，松开爪子，鲜血从它的伤口处喷了出来。小安没有停下，再次冲过去，与山狮滚作一团。

老丹被撞得一阵眩晕。它清醒过来后，冲出凌乱的树枝，汪汪地叫着，奔向山狮。

我愤怒极了，跟着老丹冲过去，加入了战斗，用身上唯一的武器——一把锋利的双刃斧，为老丹和小安拼命。

我疯狂地尖叫、哭号，向山狮砍去。

锋利的斧子落在了山狮身上，它忽然一个转身，两只狭长的黄眼珠恶狠狠地盯着我，燃烧着愤怒的火焰。它扭动着庞大的身躯，低低地伏向地面，肩膀上肌肉紧绷，鼓起了一个个疙瘩。我抬脚一跳，本想后退，不料却滑倒了，一下跪在了地上。我心想，这下完了。山狮尖叫着冲过来，吓得我毛骨悚然。

老丹和小安肩并着肩，同时从地上跃起，挡在了我面前，迎向山狮的恶爪，小小的红色身躯为我挡住了凶猛的恶兽。

我大叫一声，挥着斧头冲了过去，重新加入战斗。我小心翼翼地挥舞斧头，以防伤到两只猎犬。

猎犬和山狮激烈地搏斗着，它们从山上滚了下去，滚过橘树林，越过树桩，滑过石块。它们愤怒地厮打着，翻滚着，扭成一团。我也一起滚了下来，尖叫，哭喊，不放过任何一个动手的机会。

山狮被我砍中好几下，斧刃上血迹斑斑，但我并没有击中要害。我知道，用不了多久，两只猎犬便敌不过山狮的利爪和尖长的黄牙了。

山狮的嘶叫和猎犬的怒吼回荡在山间，仿佛地狱的魔鬼被放了出来。它们不停地厮打，跌到了峡谷最深处。

后来，山狮按住了老丹的喉咙，想趁机切断它脖子上的大动脉。听到老丹痛苦的号叫，小安不顾一切地冲了过去，一口咬在山狮结实的脖子上。

为了支撑自己的身体，小安的爪子深深地抓着地面，同时紧紧地咬着山狮的脖子，使劲往旁边拖，迫使山狮的尖牙放开老丹的喉咙。它的四只小腿肌肉紧绷，因用力过猛而不停颤抖。

明亮的月光下，我将这一幕看得清清楚楚。忽然，我望见了山狮宽阔的后背，背上的肌肉鼓成了一个疙瘩，像钢铁一样坚硬。它抬起后爪，狠命向下抓去，力度足以使猎犬开肠破肚。

我把斧头高高地举过头顶，使出全身力气，径直朝山狮砍去。斧头越过两只猎犬，重重地砍在了山狮坚硬的阔背上，发出令人作呕的响声。锋利的斧刃劈开了厚厚的皮，切在骨头上，嘶嘶作响。

我呆呆地望着山狮的背，忘记了拔出斧头。

山狮疼得嗷嗷直叫，松开老丹的喉咙，蹬着后腿站了起来，爪子在空中乱舞。小安双眼紧闭，死咬着山狮的脖子往外拖，四条腿踢打着山狮的身体。

老丹遍身是伤，鲜血喷射而出，但它全然不顾，一跃而起，红色的身躯迎向山狮的利爪。我听到它有力的下巴咔嚓一声，一口咬住了山狮的喉咙。

山狮又一声号叫，鲜血喷涌而出，雨点般溅满了灌木丛、橡树叶。山狮像拳击手一样站立着，爪子在空中乱舞，细眼闪着黄光，充满仇恨。它全然不顾缠在身上的两只猎犬，直勾勾地望着我。我呆呆地站着，眼睛一眨不眨地看着眼前血腥的一幕。

山狮呼吸微弱，渐渐地走向死亡。它的后腿已经没了力气，但却硬撑着不让自己倒下。鲜血从它的喉咙里喷射出来，致命的伤口在月光下闪着红光。它身体抖了一下，试着发出最后一声吼叫。

发生在深山里的悲剧就要结束了。山狮再也发不出响彻山谷的吼声。山里可怜的小动物们再也不用遭受恶狮的追踪了。

山狮向我倒过来，似乎要用尽最后一丝力气扑向我。

但它的身体重重地倒在了地上。我的头嗡的一声响，随后便失去了知觉。

我苏醒过来的时候，发现自己躺在地上。山间一片寂静。一只小鸟啾啾地叫着，往山上飞去。一股冬日的微风吹过，山谷里飘舞起片片枯叶，瑟瑟作响。一阵寒意袭来。

山狮已经断了气，两只猎犬还咬着它不放。它倒下的时候，斧头被震了出来。我看见斧头躺在月光下，沾满了鲜血。

僵硬的大脑重新开始运转。我感觉眼前的情景似曾相识。某一个时刻，也是这把斧头，同样沾满了鲜血。我想到了普理查德家的鲁宾，耳边回荡着那句熟悉的话：恶人也有善良之处。

我站起来，向老丹和小安走过去，想看看它们的伤势。我费了不少工夫，才劝说小安松开口。我检查了它的身体，身上有几处被咬伤了，但都不致命，最严重的伤在肩上，是一条长长的口子，白色的骨头都露了出来。小安开始舔舐自己的伤口。

但是，无论我怎样劝说老丹，它都死死地咬着山狮不肯松开。也许它还记得我从镇上背它们回来的那个夜晚，当时我们在山洞里过夜，它还是一只幼崽，山狮对着我们吼叫，老丹勇敢地冲着它还击。

我握住它的后腿，想把它从山狮身上拉下来，但是根本没用。它知道自己必须死死地咬住，决不能松口。我告诉它，一切都结束了，山狮已经死了。我劝它松口，告诉它我必须检查它的伤势，但是它根本不听我的话，甚至都不睁开眼看我一下。它已经下定了决心，非要死死地咬着山狮，直到山狮的身体变冷、变僵。

　　我拿起斧头，用斧柄撬开了老丹的下颌，随后抓住它的项圈，把它拖到了一边。

　　我腾出一只手检查老丹的伤势，另一只手仍紧紧地抓着项圈，我知道，一旦松手，老丹一定会向山狮冲去。我摩挲着它短短的红色毛发，它全身的肌肉都紧绷着，颤抖着，身体又热又湿，毛茸茸的长耳朵被撕得一条一条的，肚皮两边被利爪抓开，露出白色的骨头，血肉模糊的伤口遍布全身。

　　老丹疲惫的脸上露出友好的神色，让人不忍去看。它的右眼被山狮的利爪划过，已经肿得睁不开，不知道是不是已经瞎了。

　　鲜血从它的伤口流出来，一滴一滴地溅到满地的橡树叶上。我感觉它的血似乎要流干了，顿时心如刀绞，泪如泉涌。这时候，我做了猎人所能做的唯一一件事。我扒开树叶，让鲜血直接滴到地上，和黑土混在一起，然后将混着血的泥团抹在伤口上，用来止血。

我一手拿着斧头，一手拖着老丹的项圈爬出山谷，心想，把它带到很远的地方，它就不会冲回去找山狮了。

到达山顶后，我看到提灯躺在那儿，发着微弱的黄光。我放开老丹，把提灯捡了起来。

我站在山顶往四处望去，想弄清楚现在的位置。越过山脚和田野，我看到了那条冒着白汽的大河。随着蛇形的河流走向，我弄清了自己的位置。河流的每一个弯道我都了如指掌。

我转过身，呼唤着猎犬，急切地想冲到家里，给它俩疗伤。小安坐在旁边，舔着自己肩膀上的伤口。我看到老丹的影子晃来晃去。

月光下，我观察着它，心里充满了骄傲。哪怕受了伤，它也要确保周围没有山狮才放心。

我唤了一声，它拖着受伤的腿，一路小跑着来到我身边。我抓着它的项圈，又检查了它的伤势。借着提灯的微光，我清楚地看到沾满泥土的伤口已经不流血了，心里这才舒坦了些。

小安也跑了过来。我蹲下来，将它俩搂在怀里。如果不是它们的忠诚和勇气，我很可能已经死在了山狮的利爪下。

"你们为我做了这么多，我真不知道该怎么报答，"我对它们说，"我这辈子都忘不了。"

我站起来说："咱们回家吧，我得给你们疗伤。"

刚走出几步，身后传来一声惨叫。起先，我以为是鸟或者夜鹰发出的。我停下来听了听，又看了看小安，它望着身后。我转过身，没看到老丹。

这时又传来一声低沉的惨叫。小安猛地往回跑去。我也飞快地跟上。

老丹侧身躺在越橘丛里，悲鸣着，满眼哀求的神色。眼前的一幕让我惊呆了。它的内脏流了出来，与越橘丛缠成一团！我蹲在旁边，吓得失声痛哭起来。

我明白了事情的缘由。山狮在老丹柔软的肚皮下抓出了一个口子，我前两次检查时都没有发现。现在内脏从伤口里流了出来，缠在越橘丛中，老丹一动，内脏便被扯一下，它自然痛得叫了起来。

我抚摸着它的脑袋，它呜呜地叫了几声，伸出温暖的红舌头，舔着我的手。我眼里含着泪，对它说："挺住啊，好伙计，挺住！一切都会好的，让我来照顾你。"

我扒开灌木丛，颤抖着将老丹缠成一团的内脏托在手心，然后掏出手帕，小心翼翼地抹掉内脏上沾着的沙子、树叶和松针，又颤抖着将内脏从裂开的伤口处塞回老丹的肚子里。

我要抱老丹，就没办法拿斧头和提灯，只好把斧头用力一扔，嵌在一棵白橡树上。之后我吹灭提灯，把它挂在斧头上，然后用羊皮外套裹住老丹，急匆匆地往家里跑去。

到家后，我喊醒爸爸妈妈，一起为两只猎犬处理伤口。妈妈小心翼翼地将老丹的内脏掏出来，放在一盘肥皂水里，清洗上面的松针、叶子和沙石碎粒。

"我真不知道自己在干什么。希望这样做有用，那样我心里会好受些。"妈妈边洗边说。

清洗干净后，妈妈轻轻地将内脏从伤口处塞进去，用针缝上伤口，然后用一块干净的白布包扎好。

小安的伤处理起来要简单些。我扶着它的头，妈妈用消毒水为它清洗伤口。由于消毒水的强烈刺激，小安呜呜地叫起来，舔着我的手。

"别怕，乖孩子，"我对它说，"你很快会好起来的。"

处理好伤口，我打开门，看着小安一瘸一拐地向自己的窝走去。

就在这时，我听到一阵呜咽，转身一看，是妹妹们站在房门口。她们穿着长长的白色睡衣，一脸悲伤地站在那里，让我很心疼。

"小安没事吧？"大妹妹问。

"没事，"我回答，"受了重伤，但没什么大碍，我和妈妈已经处理好了。"

"老丹是不是伤得很严重？"她又问。

我点了点头。

"到底有多严重呢？"她追问。

"很严重，它的肚皮被抓开了一个很大的口子。"我说。

听到这话，妹妹们都哭了。

"来，"妈妈走过去说，"你们几个都回去睡觉。半夜光着脚站在这里，小心感冒。"

"妈妈，"小妹妹说，"上帝是不会让老丹死的，对不对？"

"宝贝，我不知道，快上床睡觉吧。"妈妈说。

听了妈妈的话，妹妹们转身慢慢地走回房间。

"从猎犬的伤可以看出，那是一场激烈的搏斗。"爸爸说。

"很激烈，爸爸，"我说，"我从没见过那么激烈的场面。如果不是为了帮老丹，小安是不会与山狮搏斗的。老丹咬着山狮的喉咙不肯松口，山狮都死了它也不肯松口。我只好撬开它的嘴巴。"

爸爸望了一眼老丹，说："比利，这是它的本性，它的身体里流淌着猎犬的血，它是我见过的最棒的猎犬。它最爱两样东西——你和捕猎，这就是它的全部。"

"爸爸，如果没有老丹和小安的话，我现在可能不能站在这里说话了。"我说。

"你在说什么？"妈妈说，"什么叫'不能站在这里'？"

我跟爸爸妈妈讲了山狮是如何扑向我，猎犬又是如何为我挡住危险的。

"它们从地上一跃而起，肩并着肩，靠得那么近，就像合为了一体。"我说。

妈妈叹了一口气，双手蒙住脸，哭了起来。

"难以想象，"她啜泣着说，"真是难以想象。真不敢想象你差点就没了性命。我承受不了这样的事……"

"好了，好了，"爸爸走到妈妈面前，将她揽在怀里说，"别那么脆弱。一切都过去了。让我们心怀感激，尽力医治老丹吧。"

"爸爸，老丹会死吗？"我问。

"比利，很难说，"爸爸摇了摇头，"它失血过多，伤势很重，现在我们只能等等看了。"

我们并没有等太久。老丹的呼吸越来越急促，喉咙里发出一阵阵可怕的咕噜声。我跪在地上，将它的头枕在腿上。

老丹一定知道它快要死了。它睁开眼看着我，轻轻地叹了口气，尾巴无力地摆了摆，然后，那双友善的灰色眼睛永远地合上了。

我不相信老丹已经没了气息。我跟它说话："老丹，你不能死，不要离开我！"

我看着妈妈，希望她能告诉我老丹没死。妈妈的脸毫无血色，苍白得仿佛梧桐树干，眼里流露的悲伤撕扯着我的心。妈妈张了张嘴，说了些话，但是我什么都没听见。

我感觉一阵冰冷的风吹过全身。我站起来，跌坐在椅子上。妈妈走到我身边安慰我，但是我只听到没有内容的呢喃。

爸爸轻轻地抱起老丹的尸体，将它放到了屋外的门廊上。随后他回到屋里，说："唉，咱们已经尽力了，但是这种事是无法挽回的。"

我从未见过爸爸妈妈像今晚这般疲惫，我知道他们想安慰我，但是却不知说什么好。

爸爸说："比利，别想太多，伤心过度对身体不好。如果是我，我会选择忘记痛苦。别忘了，你还有小安呢。"

此时此刻我完全没有想到小安。我知道它没事。

"感谢上帝把小安留给我。"我说，"但是，我怎么能忘记老丹呢？它是为我而死的，它用自己的身体保全了我的性命，我永远都不能忘记这样的恩情。"

妈妈说："今晚是一场噩梦。大家都上床休息吧，也许明天就会感觉好点。"

"我不睡，妈妈，"我说，"您和爸爸去睡吧。我想待一会儿，反正我也睡不着。"

妈妈本想再劝我几句，但是爸爸朝她摇了摇头，他们相互搀扶着回房间去了。

我坐在壁炉前，大脑一片空白，身体麻木。老丹死了，这让我无法接受。今晚之前它们还活蹦乱跳的，但是现在，其中一个毫无征兆地死去了。

我不知道自己在壁炉前坐了多久，后来门廊传来一阵声响。我起身走到门边，又一次听到了那个声音，是低低的呜咽伴着沙沙声。

除了猎犬，我想不出还有什么东西能发出这样的声音。一定是我的猎犬。它没有死，它又回来了。我的心怦怦直跳，打开门走出去。

眼前的一幕让我惊呆了。是小安。它从小就睡在老丹身边，现在老丹死了，它离开狗屋，来到门廊，紧紧地蜷缩在老丹身旁。

小安抬头看着我，呜呜地叫。我看不下去了。

忽然，我被什么东西绊倒了，原来我不知什么时候已从家里跑了出来。我爬起来，继续跑啊，跑啊，穿过我家的玉米地，一直跑到河边，直到砰的一声栽倒在地上。天已经破晓，灰蒙蒙的一片。我大哭起来，一直哭，一直哭，直到哭哑了嗓子。

我听见松鼠在叫，明亮的阳光照下来。天亮了，我爬起来往家里走去。

路过牛棚的时候，爸爸正在喂牲口。他走到我面前说："早饭马上就好了。"

"我不想吃，爸爸，"我说，"我不饿，我还有事要做，我要把老丹埋了。"

"先吃早饭，"他说，"我今天不怎么忙，我帮你。"

"不用了，爸爸，"我说，"我自己能行。您去吃饭吧，跟妈妈说我不饿。"

爸爸的眼里流露出一丝悲伤。他摇摇头，转身走开了。

我用粗糙的松木板给老丹做了一个盒子，在盒子里面垫了些麻布条和玉米皮。盒子做得很简陋，但我尽了最大的努力。

我在山上一棵美丽的红橡树下挖了一座坟墓，把老丹安葬在这个春天将会开满野花的地方。

这里风景秀美，放眼望去，可以看到很远很远的田野，弯弯曲曲的河道，还有河谷上高大的密林中的梧桐树、白桦树、枫树……我想，在那些雾蒙蒙的夜晚，当别的猎犬在河谷低吼时，躺在月光里的老丹一定能听到。

拍好最后一铲土，我坐了下来，任由思绪回到几年前。我想到了破旧的酵母粉罐，想到了第一次在车站看到两只小狗的情景，想到了辛辛苦苦攒下的五十块钱，那些钓鱼人，那一块块蓝莓地……

我看着老丹的坟，眼里满含泪水，"你这一生过得很值，老伙计，很值。"

我会永远记得，这座坟墓里埋着我的挚友。

两天之后，我跟着爸爸在河谷一带伐树开垦田地。回到家时，妈妈说："比利，快去看看你的狗，它绝食了。"

我四处找了个遍。牛棚里没有，粮仓里没有，我看了看门廊，也没有发现小安。我呼唤着它的名字，但是没有任何回应。

我把妹妹们都喊过来，问她们看没看到小安。小妹妹说小安去了花园。我去花园看了看，喊了几声，没有小安的身影。后来，我远远地看见小安趴在布满荆棘的黑莓丛里缩成了一团。我试图把它唤过来，但是它一动不动。我走到它身边，它抬起头看我。

小安眼神疲倦。这双眼睛不再是我所熟悉的温柔的眼睛，而是充满了阴霾，失去了激情和生机。我不明白为什么会这样。

我把小安抱到屋里，喂它食物和水，可是它连碰都不碰。我感觉它已经奄奄一息。刚开始的时候，我以为是它身上隐藏的伤在作怪，但我仔细检查它的身体，并没发现什么异常。

爸爸进屋看了看小安，然后摇摇头，对我说："比利，别费劲了，它已经没有了生存的欲望。"

我不相信，我决不相信小安会放弃生命。

我把鸡蛋和奶油调成糊往小安嘴里灌，它还是一动不动。我把它抱到门廊，将它放在老丹躺过的地方，然后给它盖上麻袋。

整个夜里，我几次起床去看小安。第二天早上，我掰开小安的嘴巴，希望能灌进去一点热乎乎的鲜牛奶。中午，小安的情况仍没有好转。我的爱犬已经彻底放弃了，它不想活下去了。

傍晚，我从地里回来，不见小安的踪影。我急急忙忙找到妈妈。妈妈说她看到小安离开家，去了那片洼地，她还说小安看起来很虚弱，几乎站不起来了，她眼看着它慢慢地消失在丛林中。

我直奔洼地，不停地呼喊着小安的名字。但是我找遍了洼地，也不见小安的影子。我继续找，祈求上帝让它回到我身边。但是小安没有出现。我爬出洼地，四处寻找、呼喊，仍然没有回应。小安失踪了！

就在这时，我的脑海里闪过一丝希望——我想到了老丹的坟。小安肯定在那里！

到达坟地后，我看到小安后腿直直地伸着，前腿抱在胸前，头枕在老丹的坟上。从落叶上的痕迹可以断定，小安是一路拖着身子过来的。我叫了叫，它没动。小安就这样用最后一丝力气一步步拖着身子，来到了老丹的坟前。

我在小安身旁跪下，伸出手抚摸它，它还是没动，没有呜咽声，也没有对我摇尾巴。我知道我的小狗死了。

我抱起小安放在膝上，两眼满含泪水，凝望天空。苍天啊，为什么老丹和小安都死了？为什么你要这样伤害我？我做错了什么？

我隐约听到身后有声音。妈妈来了。妈妈挨着我坐下来，抱着我说："比利，这不是你的错。我知道这样对你很残忍，我也知道你很伤心，但是，人的一生总要承受这样或那样的痛苦。上帝在人世的时候，也受了不少苦。"

"妈妈，我懂，"我说，"可是我不明白为什么会这样。老丹的离去对我打击很大，现在小安也不在了，它们俩都离开了我。"

"比利，你并没有失去它们，"妈妈说，"它们会永远活在你心里。况且你还可以再养狗啊。"

我拒绝了妈妈的提议。"我不会再养了，"我说，"一只都不会养，没有哪只狗比得上老丹和小安。"

"大家都这么觉得，比利，"妈妈说，"尤其是我，我相信谁也不能替代它们。老丹和小安帮我实现了一个我本以为永远都不可能实现的祈祷。"

"我再也不会相信祷告之类的了，"我说，"为了老丹和小安，我祷告，祷告，现在看看吧，它们都死了。"

妈妈沉默了一会儿，没有说话。后来，她温柔地说："比利，我知道这样的事很难接受，但是总有一天你会想开的。等你长大了，就懂了。"

"我就是不懂，"我说，"就算长到一百岁，我也不懂它们为什么要死。"

"我不知道该说些什么，我想不出合适的话。"妈妈望着远处自言自语。

我抬头看看妈妈的脸，她的眼里噙着泪水。

"妈妈,您别哭,"我说,"我不是故意要说那些伤人的话。"

"我知道你不是故意跟妈妈怄气,我明白,你是心中不平。"妈妈边说边把我紧紧地揽在怀里。

爸爸的声音传来,他在喊我们回家。

"走吧,"妈妈说,"晚饭已经准备好了。爸爸有话对你说。听完爸爸的话,我想你心情会好点的。"

"妈妈,我不能把小安丢在这里不管,晚上天气很冷,我想把它带回家。"

"不行,你不能这样,妹妹们看到小安会受不了的。我们给小安弄个舒服点的安身之处吧。"

妈妈用手拢了一堆枯叶,然后把小安从我怀里抱过去,放在地上,用树叶埋好。我把外套脱下来盖在它身上,不愿意去想第二天怎么安置它。

我们回到家,看到爸爸和妹妹们正在家门口等我们。妈妈把小安的事告诉了大家。妹妹们跑到妈妈身边,把脸埋在妈妈的长裙里,不停地哭泣。

爸爸走到我身边,手放在我的肩上,说:"比利,对于一个男孩子来说,人生中有很多需要坚强的时刻。现在你就要坚强起来。我理解你所承受的打击,也理解那种痛苦,但是万事皆有因果,仁慈的上帝这样做,一定有他自己的原因。"

"爸爸，没有理由让老丹和小安离开，"我说，"没有任何理由。它们一点错也没有，它们是无辜的。"

爸爸用眼神向妈妈求助，但是妈妈没有吱声。于是爸爸接着说："咱们进屋吧，我要给你看样东西。"

"猜猜今晚咱们吃什么？"妈妈说，"比利，晚饭有你最喜欢的红薯饼，你很喜欢吃，对不对？"

我点了点头，但是心思根本不在红薯饼上。

我们一起进了厨房，但是爸爸转身去了卧室。

过了一会儿，爸爸手里拿着一个小盒子来到厨房。我认识这个绑着闪亮的蓝丝带的盒子，妈妈一直用它存放贵重物品。

房间被沉默笼罩着。爸爸走到桌子一头，放下盒子，然后慢慢地解开丝带。他笨手笨脚，双手不停地颤抖。拿掉盒盖后，爸爸取出几捆纸币。

爸爸把纸币整齐地堆好，抬起头看着我。"比利，"他说，"你知道，妈妈一直在祈祷，祈祷有一天咱们能攒到足够的钱，搬出这个山区，让你们接受正规的教育。"

我点了点头。

"是这样的，"他压低声音说，"你的猎犬实现了妈妈的愿望。这些钱是老丹和小安挣来的。我辛勤地经营农场，也只够大家吃饱穿暖。我把用浣熊皮换来的每一分钱都存了起来，现在终于攒够了。"

"这难道不令人惊喜吗？"妈妈说，"这是一个奇迹。"

"真的是个奇迹。"爸爸对妈妈说，"还记得吗？比利曾经祈求上帝赐给他小狗。现在回头想想，比利得到了两只猎犬，而正是这两只猎犬实现了你的愿望。我确信这就是奇迹。"

"既然上帝把老丹和小安赐给我，为什么又把它们带走呢？"我问。

"这样做也是有原因的。"爸爸说，"我和妈妈决定搬到镇上的时候，曾经想过把你留给爷爷照顾，因为我们不想把你和两只心爱的猎犬分开，正好爷爷也需要一个帮手。我想上帝之所以把它们带走，是因为他不忍心看着我们一家人被拆散。"

爸爸对命运深信不疑。他认为一切都是上帝的安排，他总能在《圣经》里找到问题的答案。

他发现刚才的一番话对我没起多大作用，便坐下来，一脸悲伤地说："现在让我们感谢上帝赐予的食物，感谢他带给我们美好的东西。我在此特别为比利祈祷，希望上帝帮助他。"

爸爸说了什么，我根本没听进去。

大家都没有心思吃饭。

我匆匆地吃完饭，回到自己的房间躺下。

妈妈进来了。"睡吧，睡个安稳觉，明天心情会好起来的。"她说。

"妈妈，我没办法开心，"我说，"明天我还得安葬小安。"

"我能理解，"妈妈边说边帮我拉了拉被子，"如果你愿意的话，我可以帮你。"

"不用了，妈妈，"我说，"我不想让任何人帮我，我想自己动手。"

"比利，你总是一个人做事，"妈妈说，"这样是不行的。人一生中总有需要他人的时候。"

"我都懂，妈妈，"我说，"但是这次就让我一个人做吧。猎犬还很小的时候，我们就在一起生活了，那是属于我们三个人的世界。我们一起打猎，一起玩耍。您知道吗，妈妈，小安过去常常在晚上爬到我窗前，探着脑袋，只是为了看看我睡得好不好。小安对我很重要，我想一个人安葬它。"

"好吧，做完祷告你就睡吧。明天早晨心情肯定会好起来的。"

我不想做任何祷告，我心里难受极了。家里人睡下很久后，我还睁着眼睛躺在床上，凝望黑夜。我试着思考，但是大脑一片空白。

夜里，我起床来到窗前，望着狗屋。月光下，狗屋空空荡荡，看起来孤零零的。曾有无数个夜晚，我躺在床上，听着那扇小门吱吱呀呀，老丹和小安进进出出。我就这样望着窗外，不知什么时候，已经泪流满面。

妈妈听到我起床的声音,便来到我的房间。她抱着我说:"比利,你不要这样,这样会把自己弄病的。如果你生病了,妈妈真不知道怎么办才好。"妈妈的声音有些颤抖。

"妈妈,我控制不了自己,"我说,"我很伤心,没有办法控制。您别为我难过。"

"我怎么能不难过呢?"她说,"比利,来,睡吧。我担心你会感冒。"

妈妈给我盖好被子后,在床边坐了一会儿,望着黑夜,自言自语:"要是有什么办法就好了……我该怎么办呢?"

"妈妈,没人能帮我,"我说,"没人能让我的狗重生。"

"我知道猎犬不可能回来了,"妈妈说,"但是一定有别的办法可以帮你——必须想个法子。"

妈妈走后,我把脸埋进枕头,一直哭,一直哭,不知什么时候睡着了。

第二天早晨,我用松木板为小安做了一个盒子。这个盒子比老丹的小一些。每往板子里砸进一颗钉,我的心就更痛一点,郁结就更多一些。

妹妹们跑过来看能不能帮上忙。她们兀自站着看了一会儿后,哭着跑开了。

我把小安葬在了老丹身旁。我知道这是小安希望的。这里埋葬的不只是老丹和小安,还有我人生的一段记忆。

我想起在丛林里打猎时见过一片砂岩地,便去那里拣了一块漂亮的红色石头。我回到老丹和小安的墓前，小心翼翼地将它们的名字刻在了石头上。

我望着两座小坟，想起爸爸跟我说过的话。我试图弄明白他讲的那些道理，但是如何想得清楚呢？我心里依旧很难过，整个人像被掏空了一般。

我找到妈妈，想跟她谈一谈。

"妈妈，"我问，"您说，上帝是不是为善良的狗准备了天堂般美丽的地方？"

"是的，"她说，"我想上帝一定这么做了。"

"您觉得他为猎犬准备狩猎的地方了吗？就像咱们这儿，有山，有树，有河流，有玉米地，还有栅栏。他真的准备了吗？"

"比利，照《圣经》上所说，"她说，"天堂里的东西比我们这里要多得多。我想一定是这样。"

我陷入了沉思。妈妈整了整我的上衣。"你心情好点了吗？"她问。

"我还是很难受，妈妈，"我把脸埋进她的长裙，"但感觉好些了。"

"我很高兴，"妈妈拍着我的头说，"我不想看到你难过的样子。"

20

　　第二年春天，我们全家从奥沙克地区搬走了。动身那天，我以为大家都会很伤感，但是恰恰相反。妈妈看起来似乎是最开心的。她和妹妹们一起收拾东西时，大声地说笑，眼中闪烁着喜悦的光芒，我见了也很高兴。

　　我察觉到爸爸身上也发生了一些变化。他的脸上再也没有了痛苦。往车上搬东西时，爸爸情绪高涨，非常开心。

　　最后一样东西被搬上车后，爸爸扶着妈妈坐到车上。我们要上路了。

　　"爸爸，能不能等我几分钟？"我央求道，"我想去跟猎犬道个别。"

　　"没问题，"他微笑着说，"咱们时间很充裕。你去吧。"

　　快走到坟前时，我隐约看到一些奇怪的东西。坟边好像长了一丛野草，几乎盖住了整个坟墓。野草竟然不知天高地厚，胆敢长在老丹和小安的墓旁。我感到十分愤怒，拿出刀子，准备把它砍掉。

但是往前走了几步，看清了那丛野草的模样后，我深深地吸了口气，呆住了，不敢相信眼前的景象。两座坟墓之间长着一株美丽的红色羊齿草。它从肥沃的土壤中拔地而起，长长的红叶向外伸展，像彩虹一样架在两座坟墓之间。

我听过一个古老的印第安传说：一个印第安男孩和一个印第安女孩在暴风雪中迷路，冻死在了冰天雪地里。第二年春天，当人们找到男孩和女孩的尸体时，发现他俩之间长出了一株美丽的红色羊齿草。传说里讲到，红色羊齿草生长的地方是神圣之地，因为只有天使才能播下羊齿草的种子，羊齿草的出现表明男孩和女孩得到了永生。

想到这里，我转身喊妈妈。

"妈妈，妈妈，"我大喊着，"您过来！快来！您会大吃一惊的！"

妈妈吓坏了，"比利，怎么了？发生什么事了？"

"没事，妈妈，"我喊着，"但是您快来看，您会大吃一惊的。"

妈妈揽着长裙，脸上惊恐万分，气喘吁吁地爬上了山坡。爸爸和妹妹紧随其后。

"怎么了，比利？"妈妈问，"你没事吧？"

"快看！"我指着红色羊齿草说。

妈妈睁大眼睛，倒吸一口气，双手情不自禁地捂住了嘴巴。我听到她轻声说："噢，天啊，是羊齿草，神圣的红色羊齿草！"

她走上前，轻轻地抚摸着羊齿草长长的叶子，充满敬畏地说："我一直希望这辈子能见到一株红色羊齿草，现在终于看到了，真令人难以置信。"

"别碰它，妈妈，"大妹妹小声说，"这是天使种下的。"

妈妈笑着问妹妹："你听说过关于它的传说吗？"

"我听过，妈妈，"妹妹说，"是奶奶讲的。我相信传说是真的。"

爸爸一脸严肃地说："山里流传着各种各样的传说，以前我从不相信，但是现在有些信了。也许红色羊齿草的传说有一定的道理吧。我想，上帝是想通过羊齿草让比利明白为什么老丹和小安会离开。"

"我想是这样，爸爸。"我说，"现在我明白了，我不会再难过了。"

"走吧，"妈妈说，"大家都回到车里吧，让比利和它们俩单独待一会儿。"

他们转身离开时，我听到爸爸喃喃地说："美好的事物是上帝创造的。"

我望着老丹和小安的坟墓，发现了一些刚才忽略的东西：野生的紫罗兰、鸡冠花和山菊开遍了两座小坟。一阵微风从山上徐徐吹来，暖暖地拂过我的脸。风吹过灌木丛，嗡嗡地奏起一支曲子，把红橡树的叶子吹得沙沙作响。羊齿草和着风声翩翩起舞。

我摘下帽子，低着头颤声说："再见，老丹，再见，小安。我会永远记得你们。我知道，如果上帝在天堂给善良的小狗准备了一席之地，他为你们准备的一定会更加特别。"

我心情沉重地转身离开了。我一生都不会忘记这两座小小的坟墓，不会忘记生长在那里的红色羊齿草。

我们的车子沿着一条蜿蜒的小路爬上山坡。到达山顶时，爸爸停下车子。大家都站起来回头望。一幅美丽的画卷尽收眼底。

我静静地看着我们的家，看着我出生的地方。我们的小院看起来是那么悲凉、孤寂。曾经，一缕缕青烟从石烟囱里冒出来，慢悠悠地散开，徐徐飞到空中；白母鸡追着甲虫满院子跑；小马和母牛低头站立，来回甩着尾巴。现在这一切都要远去了。

我看到牛棚的门开着，一束干草挂在外面，随着春日的暖风轻轻地摇摆。

忽然，一个身影从院子里蹿到牛棚里。是家猫萨米尔。我听到小妹急促地说："妈妈，咱们把萨米尔忘了。"

大家一阵沉默。

房子左边的田地被之字形的栅栏围着。再往远处望去，高大的梧桐树闪着白光。

看到熟悉的一切，泪水模糊了我们的双眼。

妈妈打破了沉默："比利，你看见了吗？"

"看见什么，妈妈？"我问。

"红色羊齿草呀。"妈妈回答。

大妹妹叫道："我看见了！"

我揉了揉眼睛，往山坡上望去。我看到了，它挺立在那里，美丽而又奔放，在一片绿海中，像一面迎风飞舞的红色旗帜，向我们许下承诺："再见了。不必担心，不要牵挂，我会永远守护在这里。"

我听到一阵抽泣声，转身一看，三个妹妹都伤心地哭了。我听到妈妈跟爸爸说了什么。爸爸挥起鞭子，随着车链叮叮作响，马车往前驶去。

那以后，我再也没有回过奥沙克山区，梦想和记忆都留在了那里。我祈望有一天能够跟随上帝的旨意回到那片土地，回到美丽的故乡，再走一走那些小路，重温儿时的足迹。

我想回到那儿，感受山风吹拂脸庞，呼吸紫荆花的香、番木瓜的甜，还有山茱萸的酸，亲手抚摸梧桐树凉凉的白树干。

我想到深山里走一走，看一看，去寻找记忆中的那把斧头。曾经，它深深地嵌进高大的橡树。随着时间的流逝，斧头早已生锈了吧。也许上面还挂着一盏锈迹斑斑的提灯。

我想回去看望我家的老房子，看望牛棚，看望篱笆，想在那美丽的红橡树下追忆我的童年。我想爬上山坡，到老丹和小安的坟前流连。

那株红色羊齿草肯定更加茂盛了，拥抱着两座小坟。我相信，它仍然守护在那里，长长的红叶下藏着秘密。我一定能找到那些秘密，因为我的童年就埋藏于此。

红色羊齿草一定还在，因为我相信关于它的美丽传说。

WHERE THE RED FERN GROWS by Wilson Rawls
Copyright © 1961 by Woodrow Wilson Rawls
Copyright © 1961 by The Curtis Publishing Company
Copyright renewed 1989 by Sophie Rawls
This translation published by arrangement with Random House Children's Books,
a division of Random House, Inc.
through Bardon-Chinese Media Agency
All Rights Reserved.
著作版权合同登记号：01—2019—0574

图书在版编目（CIP）数据

红色羊齿草的故乡 ／（美）威尔逊·罗尔斯著 ；侯
杰译 . —— 北京：新星出版社，2019.5(2025.4 重印)
ISBN 978—7—5133—3459—4

Ⅰ . ①红… Ⅱ . ①威… ②侯… Ⅲ . ①儿童小说—长
篇小说—美国—现代 Ⅳ . ① I712.84

中国版本图书馆 CIP 数据核字 (2018) 第 297147 号

红色羊齿草的故乡

[美] 威尔逊·罗尔斯 著
侯杰 译

责任编辑　汪　欣
特约编辑　杜益萍　黄　穗
装帧设计　江宛乐
内文制作　王春雪
责任印制　李珊珊　史广宜

出　　版　新星出版社　www.newstarpress.com
出 版 人　马汝军
社　　址　北京市西城区车公庄大街丙 3 号楼　邮编 100044
　　　　　电话 (010)88310888　　传真 (010)65270449
发　　行　新经典发行有限公司
　　　　　电话 (010)68423599　邮箱 editor@readinglife.com
印　　刷　河北鹏润印刷有限公司
开　　本　850mm×1168mm　1/32
印　　张　9
字　　数　153千字
版　　次　2019年5月第1版
印　　次　2025年4月第24次印刷
书　　号　ISBN 978—7—5133—3459—4
定　　价　35.00元